# 백제 소년 무사 계륵치

김종일 청소년 소설

어문학사

**일러두기**

- 교과서와 일부 자료나 책에서는 백제 수복 운동을 백제 부흥 운동이라 칭하
였습니다. 하지만 필자는 수복이라 하였습니다. 이는 부흥과 수복의 의미가
다르기 때문입니다. 말 그대로 부흥은 쇠하였던 것이 다시 흥하는 것을 지칭
하고, 수복은 빼앗긴 땅을 다시 되찾는 것을 의미합니다.

따라서 백제는 멸망해서 나라를 빼앗겼고, 그 빼앗긴 국토를 되찾는 것이기
에 부흥이 아니라 수복이 맞는다는 의미에서 수복이라 했습니다. 이에 백제
부흥군이라 하지 않고 백제 수복군이라 하였음을 밝힙니다.

## 차례

# 1. 황산벌에 해는 기울고

해가 기울고 있었다. 해가 기우는 스산한 들녘에 까마귀 떼들이 까욱까욱 울며 날아다녔다. 까마귀들은 새까맣게 몰려와서는 무수하게 여기저기 널브러져 있는 주검들 위에 앉아 시신들을 훼손하기 시작했다. 사람은 살아 있을 때에 사람이었다. 목숨이 끊어진 시신은 그때부터 사람이 아니었다. 길바닥에 죽어 있는 개나 고양이, 고라니와 하나도 다를 것이 없었다. 피비린내가 진동하여 코로 숨을 쉴 수가 없었다.

계륵치와 어머니는 시신 사이를 헤집고 다니며 아버지이자 남편을 찾고 있었다. 군사들의 죽어 있는 모습은 참혹했다. 칼에 베이고 창에 찔린 군사도 있고 화살에 맞아 죽은 군사도 있었다. 어떤 병사는 무거운 철퇴에 머리를 맞아 머리가 으깨어져 죽은 군사도 있었다. 그 광경이 차마 눈을 뜨고 볼 수 없을 정도로 참혹했다. 여기저기 어지럽게 널브러져 있는 시신들을 보니 전투가 얼마나 치열했는가를 알 수 있었다.

수많은 시신이 널브러져 있는 벌판에서 죽은 아버지를 찾기란 쉽지 않았다. 무엇보다 시신에서 풍기는 냄새 때문에 숨을 쉴 수가 없었다. 또한 시신에서 나온 피와 기름이 뒤엉켜 제 모습을 알아보기가 어려웠다.

산등성이 쪽에서 신라 군사들이 자기 편 군사들의 시신을 수습하여 기름을 부어 태우고 있었다. 바람이 아래쪽으로 불어오면 시신 태우는 냄새가 진동을 했다. 승리한 신라군은 전투에서 죽은 군사들을 수습하여 태우기라도 하건만, 패배한 백제군의 시신은 어느 누구도 수습하지 않았다. 시신들은 벌판에서 썩어가거나 개나 들짐승, 날짐승들이 훼손할 것이다.

하늘과 지상에는 피 냄새를 맡고 날아온 까마귀들이 득실대었고, 독수리들이 원을 그리며 빙빙 돌았다. 까마귀들이 떼로 날아와 시신들을 훼손하다가 놀란 듯 날아올랐다. 그와 달리 독수리들은 공중에서 여유롭게 원을 그리며 날았다. 독수리들도 때를 보아 곧 지상으로 내려와 시신들을 훼손할 것이다.

한나절을 죽은 시신을 뒤진 끝에 계륵치와 어머니는 어렵게 아버지이자 남편의 시신을 찾을 수 있었다. 아버지는 죽어 있는 가운데서도 칼을 손에서 놓지 않고 굳게 움켜쥐고 있었다. 눈도 감지 못하고 눈을 부릅뜬 채 어깨가 크게 베어져 죽어 있었다. 어깨만 베어져 있는 것이 아니라 복부와 허리는 창에 여러 군데 뚫렸고, 등 뒤에도 화살이 무려 다섯 대나 박혀 있었다.

"아버지! 아버지!"

계륵치가 아버지의 몸에 엎어지며 울부짖었다.

"여보, 여보, 어이구. 여보!"

어머니가 무릎을 털썩 꿇으며 죽은 아버지의 가슴에 엎어졌다.

계륵치와 어머니는 죽은 시신을 부여잡고 통곡했다. 모자(母子)의 슬프고 처절한 울음은 쓸쓸하고 황량한 벌판에 멀리멀리 퍼져 나갔다. 그러나 아무리 운다고 죽은 사람이 대답할 리가 없었고 다시 살아날 리도 없었다. 두 사람은 한참 동안 통곡을 한 다음 정신을 차렸다.

"계륵치야, 이제 그만 울자. 운다고 돌아가신 아버지가 살아 돌아오실 리가 없다. 어서 아버지의 시신을 모시고 집으로 가자구나."

어머니가 치맛자락을 들어 눈가를 닦으며 계륵치에게 말했다.

어머니의 말에 계륵치는 울음을 그쳤다. 계륵치와 어머니는 아버지의 등에 박힌 화살을 빼내었다. 그리고 베어진 어깨를 새끼줄로 동여매었다. 창에 찔린 복부와 허리도 어머니의 치마를 찢어 감쌌다. 계륵치와 어머니는 아버지이자 남편의 시신을 정성껏 수습했다. 한참 만에 일을 끝낸 계륵치가 아버지의 손에 쥐여져 있던 칼을 빼내며 짐승처럼 울부짖었다.

"아버지, 아버지, 내가 아버지와 우리 백제의 원수를 꼭 갚겠습니다. 목숨을 바쳐 신라와 당나라 놈들에게 아버지와 백제의 원수를 갚을 것을 이 칼에 대고 맹세하겠습니다."

계륵치가 칼을 들어 맹세하듯 말했다. 계륵치의 행동

은 섬뜩할 만큼 비장했다. 그런 계륵치를 어머니가 눈물을 흘리며 올려다보았다. 계륵치는 한참을 칼을 들고 하늘을 우러러 굳게 굳게 맹세를 했다. 잠시 후, 계륵치는 칼을 내려 피 묻은 칼날을 닦아 칼집에 넣었다.

계륵치는 어머니와 힘겹게 아버지의 시신을 수레에 싣고 그 위에 가마니를 덮었다. 이제 아버지의 시신을 찾았으니 집까지 모시고 가야 했다. 계륵치와 어머니는 아버지의 시신을 찾기 위해 몇 날 며칠을 걸어서 황산벌까지 왔다.

또 며칠을 가야 했다. 집까지 가는 길은 멀었다. 몇 날 며칠을 길거리에서 노숙을 하며 가야 했다. 더군다나 아버지의 시신을 실은 수레를 끌고 가야 했다. 계륵치와 어머니는 먼 길을 가야 하는데 먹을 것도 변변히 준비하지 못했다. 준비한 거라고는 짚신 세 축과 요기할 것으로 보리와 수수를 볶아 빻은 미숫가루가 전부였다.

두 사람의 행색은 말이 아니었다. 시신을 뒤지면서 흘린 땀과 시신에서 묻은 피로 두 사람의 모습은 꼭 귀신 형상이었다. 사람들이 보면 놀라서 기절초풍할 모습이었다. 하지만 모자(母子)는 누구를 의식할 겨를이 없었다.

나흘 밤낮을 꼬박 걸어 집에 도착했다. 계륵치와 어머니는 집에 도착하자마자 집 뒤의 산비탈 밭으로 아버지의 시신을 옮겼다. 멀리 갈 것도 없이 밭 한 귀퉁이를 파고 시신을 묻었다. 기진맥진한 두 사람은 무슨 정신으로 구덩이를 팠는지도 몰랐다. 신라군이나 당나라 군사들에게 이 모습이 발각되었디기는 무슨 일을 당할지 몰랐다.

신라군과 당군은 백제인들을 보기만 하면 애 어른 할 것 없이 모두 죽였다. 마을 사람들도 신라군이나 당군이 언제 마을에 들어와 무슨 해꼬지를 할지 몰라 마음을 졸이고 살았다. 나라가 망하니 망국의 백성들은 살아있으나 살아있는 것이 아니었다.

"계륵치야, 이제 아버지가 제대로 눈을 감으실 수 있을 게다. 그러나 전장의 벌판에 죽어 있는 수많은 우리 백제 군사들은 어찌하겠느냐? 저대로 두면 까마귀나 들짐승의 밥이 될 터이니 너무나 원통하구나."

어머니가 산발한 머리를 쓸어 넘기며 계륵치에게 말했다. 계륵치 역시 어머니 못지않게 몰골이 형편없었다. 며칠 동안 씻지도 못하고 제대로 먹지도 못해 눈이 퀭하니 십 리는 들어갔다. 살짝 손으로 밀면 곧바로 쓰러질 것처럼 지쳐 있었다.

"어머니, 집에 가서 물이라도 마셔요. 배가 고파 물이라도 마셔야겠어요."

계륵치가 어머니를 돌아보며 말했다.

"그래, 그러자구나. 산 사람은 어떻게 해서든 살아야지."

어머니가 무릎에 힘을 줘 간신히 일어나며 말했다.

집으로 돌아왔으나 변변히 먹을 것이라고는 없었다. 어머니는 시렁에 매달아 놓은 조 이삭을 내려 손으로 훑었다. 잠시 후, 조를 불려 죽을 끓였다. 멀건 죽이었다. 한 사발씩 두 사람은 물 마시듯 들이켰다. 허기진 배에 먹을 것이 들어가자 잠이 쏟아졌다. 배고픔이 가시고 긴장감이 풀리자 잠이 쏟아지는 것이었다. 두 사람은 곧바로 잠에 빠져 들었다. 다음 날이 되어서야 눈을 떴다. 하루 한나절을 꼬박 잔 것이다.

잠에서 깬 어머니는 우물로 가 목욕을 했다. 머리를 감고 머리를 빗었다. 옷도 새 옷으로 갈아입었다. 그때까지 계륵치는 정신없이 자고 있었다. 어머니는 계륵치를 깨우지 않았다. 어머니는 계륵치가 자고 있는 사이에 아버지의 제단을 차렸다. 마루 정중앙에 차린 제단이었다. 제단에는 아버지의 위패가 놓였다. 촛불도 켰고 제삿밥 한 그릇도 차려 놓았다.

어머니의 기척에 계륵치가 잠이 깨었다. 가벼운 현기증이 일었다. 머리를 흔들어 정신을 차리고 마루로 나왔다.

"이제 일어났느냐? 네가 곤하게 자기에 깨우지 않았다. 어서 가서 씻고 오너라. 아버지의 제사를 지내자."

어머니가 계륵치를 내려다보며 말했다.

"예, 알겠습니다."

계륵치가 대답을 하고 우물로 갔다. 계륵치는 두레박으로 물을 길어 얼굴과 몸을 씻었다. 머리도 감았다. 찬물로 몸을 씻고 머리를 감자 정신이 들었다. 어머니는 언제 저렇게 제단까지 차리셨단 말인가. 곡식은 어디서 구해 제삿밥까지 해놓으셨는지...

계륵치와 어머니는 아버지의 제사를 지냈다. 계륵치는 아버지의 위패를 향해 절을 했다. 옆에서 어머니가 눈물을 흘리며 그 모습을 바라보았다. 마침내 제사를 마쳤다. 어머니와 계름치가 서로 마주 보며 앉았다. 잠시 침묵이 흘렀다. 어머니가 침묵을 깨었다.

"계름치야, 너는 이제 집을 떠나야 한다. 집에 있다가 신라군이나 당군의 눈에 띄게 되면 무슨 일을 당할지 모른다. 신라군과 당군들은 백제 사내들만 보면 어른이든 아이든 구분 않고 잡아가거나 죽이잖느냐. 그러니 너는 이 길로 백제 수복군을 찾아가거라. 듣자 하니 백제 수복군들이 망한 백제를 수복시키고자 일어나 항전을 하고 있다고 들었다. 너는 아버지의 원수이며 우리 백제의 원수인 신라군과 당군을 무찌르고 백제를 수복하는 데 네 작은 힘이나마 보태야 한다. 그 일이 아버지의 원수를 갚는 일이며 아버지의 뜻일 것이다."

어머니가 계름치에게 간곡하게 말했다.

"어머니, 제가 어머니 곁을 떠나면 어머니는 누가 돌봐 준답니까? 저는 아무도 없는 산속으로 들어가 어머니와 단둘이 살고 싶습니다. 신라군도 당군도 올 수 없는 깊은 산속으로 들어가서 말입니다."

계름치가 눈물을 글썽이며 말했다.

"그게 무슨 말이냐? 당치도 않는 말 하지 말거라. 네 말대로 이 어미도 그러고 싶구나. 네 아비도 죽고 백제도 망한 마당에 이 세상에 무슨 미련이 있겠느냐? 허나 그래서는 안 된다는 걸 너도 알고 있지 않느냐? 다시는 그런 말 내 앞에서 하지 말거라. 네 아비도 네가 그런 나약한 말을 하는 걸 원치 않을 것이다."

어머니가 정색을 하며 계륵치에게 엄하게 말했다.

"허나 어머니 혼자 어떻게 사신단 말입니까? 떠나더라도 좀 더 어머니 곁에 있다가 떠나겠습니다. 그러니 어머니 재촉하지 마십시오."

계륵치가 머리를 조아리며 말했다. 그러나 어머니는 단호했다.

"못난 놈! 더 이상 네 입에서 그런 나약한 말이 나온다면 내 아들이 아니다. 내 밥을 차려 줄 테이니 밥을 먹는 대로 당장 떠나거라!"

어머니가 정색을 하고 계륵치에게 큰 소리로 꾸짖었다.

계륵치는 어머니의 꾸지람에 부끄러움을 느꼈다. 계륵치는 어머니의 꾸지람 속에 하시는 말의 뜻을 충분히 이해했다. 그렇지만 어머니를 홀로 두고 떠나야 하는 일이 마음에 내키지 않았다. 하지만 떠나야 했다. 계륵치는 어머니가 떠나란 말을 하지 않더라도 집에 머물 수 없는 자신의 처지를 누구보다 잘 알았다.

계륵치는 어머니의 말씀 이전에 황산벌에서 아버지의 시신을 거둘 때 다짐을 하였었다. 아버지의 원수이며 백제의 원수인 신라군과 당군을 몰아내고 백제 수복을 위해 목숨을 바쳐야 하겠다고 말이었다. 그러려면 당연히 어머니의 말씀을 따라야 했다. 어머니와 함께 살면서 백제 수복군에 합류할 수는 없었다.

"네 뜻을 내가 왜 모르겠느냐. 하지만 지금은 그런 말할 때가 아니다. 너는 백제의 아들이다. 네 아버지는 백제를 위해 목숨을 바치셨다. 네 아버지뿐이냐? 계백 장군님은 싸우러 가시기 전에 식구들을 모두 죽이고 전장에 나가셨다. 그만큼 장군님은 백제를 지키겠다는 결의가 대단하셨다. 사랑하는 가족까지 죽이고 전쟁에 임하겠다는 건 백제가 망하면 식구들이 신라와 당나라의 노예가 되는 것을 못 보겠다는 뜻이기도 하지만, 전장에 임하는 불굴의 의지를 밝히신 것이다. 이 어미는 여자이지만 나 역시도 백제인이다. 네 아버지는 백제의 5천 군사로 5만 신라군을 상대로 싸우다 돌아가셨다. 너 역시 그러하여야 한다. 그러니 어미 생각 말고 당장 떠나거라. 가서 네가 할 일을 찾거라. 알겠느냐?"

어머니가 한결 누그러진 말투로 계륵치에게 타이르듯 말했다.

"알겠습니다. 어머니의 말씀에 따르겠습니다. 제가 비록 어리고 부족하니 어머니의 뜻에 따라 아버지의 원수이며 우리 백제의 원수인 신라군과 당나라 군사들을 물리치는 일에 이 한 목숨 바치겠습니다."

계륵치가 어머니 앞에 무릎을 꿇고 결의에 찬 목소리로 말했다.

"그래, 그래야지. 네 나이 열여덟이면 어린 나이가 아니다. 당당한 사내대장부란 말이다. 대장부답게 처신하고 행동을 하거라. 목숨을 바칠 때는 두려워말고 바치거라. 그렇다고 목숨을 가볍게 여겨서는 안 된다. 떠날 때 아버지가 쓰시던 칼을 가지고 가거라. 그 칼에는 네 아버지의 혼이 붙어 있다. 그 칼이 너를 지켜줄 것이다."

계륵치는 어머니의 당부의 말을 뒤로 하고 집을 떠났다. 백제 수복군을 찾아 나선 것이다. 백제 수복 운동은

660년 사비도성이 함락된 후에 일어나기 시작했다. 당시 백제 수복군은 백제의 무장이었던 흑치상지 장군을 비롯하여 의자왕의 종형제인 부여복신과 승려 도침이 이끌고 있었다.

백제를 다시 살려 수복시키겠다는 염원은 백제군과 백성들 사이에 들불처럼 일어났다. 그리하여 많은 군사들과 백성들이 흑치상지 장군과 복신, 도침 밑으로 모여들었다.

계륵치는 사람들에게 물어물어 몇 날 며칠을 걸어 흑치상지 장군이 이끌고 있는 수복군의 주둔지인 임존성 앞에 도착했다.

"웬 놈이냐? 넌 누군데 성안으로 들어가려 하느냐?"

계륵치가 성문 앞으로 다가가자 성문을 지키고 있던 군사 두 명이 계륵치에게 창을 들이밀며 소리쳤다. 성으로 들어가려는 사람들은 누구나 예외 없이 일일이 검문을 당하고 있었다.

"성으로 들어가려고 합니다. 성안으로 들여보내 주십시오."

계륵치가 공손하게 창을 들이민 군사에게 말했다.

"네가 누군지 신분이 확실해야만 성으로 들어갈 수 있다. 성으로 들어가고 싶다고 해서 아무나 들어갈 수가 없다."

군사가 창을 바투 잡고 곧 찌를 듯이 말했다.

"저는 백제 백성입니다. 수복군에 합류하기 위해 먼 길을 걸어왔습니다."

"네가 백제 백성인지 신라의 첩자인지 우리가 어떻게 알 수 있단 말이냐? 성주의 표식이 있느냐?"

군사가 눈을 부릅뜨고 계륵치에게 엄하게 물었다.

"성주님의 표식은 없습니다. 그러나 제가 백제 백성인 것만은 분명합니다. 그러니 저를 의심하지 마십시오."

계륵치가 굴하지 않고 당당하게 말했다.

"허어, 맹랑하구나. 이 성을 드나드는 백제 백성들은 모두가 성주님의 표식을 가지고 다닌다. 너라고 해서 예외일 수가 없다."

군사가 물러서지 않고 여전히 계륵치에게 성주의 표식을 요구했다.

계륵치는 군사의 행동에 은근히 화가 났다. 먼 길을 걸어 일부러 수복군을 찾아온 사람에게 너무하는 것 같았다. 물론 신라의 첩자들이 백제 백성으로 위장하여 성으로 들어가 수복군을 염탐하는 것을 방지하기 위해 그런다고는 하지만 좀 심하다는 생각이 들었다.

"저의 아버지는 황산벌 전투에서 계백 장군님과 싸우시다 돌아가신 계루신 부장이십니다. 우리 아버지를 아시는 분은 아실 테니 성안에 들어가서 물어 보십시오."

"웬 소란이냐?"

그때였다. 말을 타고 성문을 나서던 흑치상지 장군의 부장이 계륵치와 실랑이를 벌이고 있는 모습을 발견하고 군사에게 물었다.

"아, 예. 이 자가 성안으로 들여보내 달라고 해서 신분을 확인 중이었습니다."

군사가 부장에게 척 군례를 보내며 말했다.

"그러냐? 너 이리 좀 오너라."

부장이 말 위에서 계륵치를 향해 말했다. 계륵치는 부장의 부름에 재빠르게 달려가 허리를 굽혔다.

"너는 무슨 용무로 성안으로 들어가려 하느냐?"

부장이 계륵치에게 물었다. 부장은 허리에 긴 칼을 차고 말 옆에는 활과 화살집이 매달려 있었다. 완전무장이었다. 언제 어느 때 신라군이나 당군과 전투를 치를지 모르기에 무장을 하고 있는 듯했다. 그만큼 항상 적과 대치 상태에 있다는 뜻이기도 했다.

"예, 저는 수복군에 합류하기 위해 먼 길을 걸어 여기까지 왔습니다."

"그래? 네가 수복군에 합류하겠다고?"

부장이 말 위에서 계륵치를 내려다보며 물었다.

"예. 그러합니다. 수복군이 되어 신라와 당나라 놈들에게 우리 백제의 원수를 갚고 백제를 수복하려 합니다."

계륵치가 고개를 쳐들고 당당하게 말했다.

"허어, 대견하구나. 네 이름이 무엇이냐?"

"계륵치라 하옵니다."

"계륵치? 계륵치라… 네 나이가 몇이냐?"

부장이 말 위에서 웃음을 지으며 계륵치에게 재차 물었다.

"열여덟입니다."

"열여덟이라?"

부장이 계륵치의 나이를 입으로 되뇌며 잠시 계륵치를 쏘아보았다.

"좀 전에 내가 얼핏 들으니 네 아비가 계백 장군과 함께 싸웠다고 하던데. 그 말이 사실이냐?"

부장이 이번에는 날카로운 눈빛으로 쏘아보며 물었다.

"그렇습니다. 아버지 성함은 계루신 부장이십니다. 황산벌에서 계백 장군님을 모시고 계셨습니다. 장군님과 함께 신라군과 싸우시다 돌아가셨습니다."

"뭐라고? 계루신 부장이라고? 분명 계루신 부장이라고 했겠다? 그렇다면 네가 계루신 부장의 아들이란 말이냐?"

말 위의 부장이 놀랍다는 듯이 눈을 크게 뜨고 물었다.

"그렇습니다. 저의 아버지가 계루신 부장이십니다."

"아아, 그렇구나. 계루신 부장이라면 내가 잘 아느니라. 네가 계루신 부장의 아들이로구나. 어허, 이럴 수가…"

## 2. 임존성에 거하다

임존성은 건재했다. 백제의 성들은 나당 연합군에 의하여 철저하게 불타고 무너졌다. 특히 사비도성은 주춧돌 하나 남지 않고 파괴되었다. 왕이 거하던 성이라 하여 더욱 철저하게 파괴했다. 성안에 거하던 왕과 신하들 중 일부는 당나라로 끌려갔다. 백성들은 신라군과 당군이 보는 대로 죽였다. 살아있는 것은 모두 죽였다. 가축 등도 도륙을 당했다. 화려하던 사비도성은 죽음의 성이 되어버렸다.

왕은 사비도성을 떠나며 통한의 눈물을 흘렸다. 백제의 사직이 자기 대에서 끊어진다는 사실에 비통하여 견

딜 수가 없었다. 신하들도 백성들도 통곡을 했다. 강성하던 백제가 어찌 이 모양이 되었던 말인가. 회한이 밀려왔던 것이다.

계륵치는 임존성에 머물며 말을 돌보는 사역병 일을 했다. 성문 앞에서 만난 우섭 부장이 아버지 계루신 부장을 아는 인연으로 머물 곳을 제공한 것이다. 계륵치로서는 은인을 만난 셈이었다. 하지만 성안이라고 안전하고 편안히 거할 수 있는 공간이 아니었다.

언제 신라군이나 당군과 전투가 벌어질지 몰랐다. 신라군과 당군은 백제의 저항군을 일망타진하여 백제의 뿌리를 아예 뽑아버리려 눈이 벌게 있었다. 성안의 수복군은 그러한 사실을 알기에 항상 긴장 상태에 있었다.

계륵치는 성안에서 사역병으로서 말먹이도 주고 말똥도 치웠다. 군사들의 잔심부름도 했다. 성안에는 여러 가지 할 일이 많았다. 틈틈이 우섭 부장에게 활쏘기와 창, 검술도 배웠다. 실전이 벌어지면 계륵치도 군사 한몫을 하기 위해 열심히 활쏘기와 창, 검술을 익혔다. 계륵치는 아버지에게서 무술을 배웠다. 아버지 계루신 부장은 활쏘기와 창, 검술이 능했다. 계루신 부장의 무술 실력을 알기에 계백 장군은 전장에 나갈 때면 계루신 부장과 동행 출전했다. 늘 전장을 누비시는 아버지였다. 아버지를 대신하여 계륵치가 집에 남아 할아버지 할머니 어머니를 모셨다. 할아버지 할머니는 나당 연합군의 침략이 있기 전 돌아가셨다. 어떻게 보면 망국의 한을 가슴 속에 담지 않고 돌아가신 것이 다행이랄 수도 있었다.

"계륵치야, 네 솜씨가 여느 군사 못지않구나. 따로 너에게 활쏘기와 창, 검술을 가르치지 않아도 되겠다. 앞으로는 군사들과 같이 훈련을 받거라."

어느 날 우섭 부장이 계륵치에게 말했다. 우섭 부장의 말에 계륵치는 군사들과 훈련을 받았다. 군사들만 군사 훈련을 받는 것이 아니었다. 성안에 있는 백성들도 노인과 아이들만 빼고 다 같이 훈련을 받았다. 백성들과 군사들은 나라를 빼앗긴 원통함에 신라군과 당군에게 이를 갈고 있었다. 나라를 망하게 만든 왕에 대한 원망도 깊었다.

충신 성충과 홍수의 충언에도 불구하고 왕은 태평하였고 가까운 신하들과 음주가무를 즐겼다. 몸에 약이 되는 약은 썼고 독이 되는 약은 달았다. 성충과 홍수의 충언은 몸에 약이 되었기에 썼다. 의자왕은 약이 되는 쓴 약을 뱉어 내었고 몸에 독이 되는 단 약을 받아 들였다. 그 결과는 너무나 컸다. 7백 년을 이어오던 백제의 왕조가 무너지고 역사에서 사라졌다.

660년 사비도성이 신라와 당나라의 연합군에 의해 함락당하자 의자왕은 웅진성으로 탈출했다. 하지만 대세는 이미 기울어 거기서 오래 버티지 못하고 결국 항복을 하고 백제는 망하고 말았다.


임존성의 성주는 흑치상지 장군이었다. 흑치상지 장군의 관등은 2품 달솔이었다. 고구려의 관등으로는 태대형이었고 신라의 관등으로는 이찬이었다. 백제 최고 관등인 1품 좌평 다음이었으므로 최고 고위직이었다. 계백 장군의 관등 역시 달솔이었다.

나라를 잃었지만 임존성에 주둔한 백제의 군사들은 나라를 다시 수복하겠다는 의지로 불탔다. 이를 그냥 두고 볼 신라군이 아니었다. 신라군은 대대적인 공격을 감행하여 백제의 잔존세력들을 토벌하려 했다. 하지만 흑치상지 장군과 백제 수복군은 신라군을 잘 막아 내었다. 승전 소식을 들은 백제 백성들이 임존성으로 몰려들었다. 백제 수복 운동의 중심인물인 부여복신과 도침도 임존성으로 가서 합류했다.

계륵치는 백성들과 군사들로 북적거리는 임존성에서 백세 수복의 의지를 불태우며 날마다 무예를 연마했다. 계백 장군 휘하에서 신라군과 맞서 장렬하게 최후를 맞이하였던 아버지의 칼을 휘둘렀고, 활쏘기와 창검술, 단검 던지기도 연마했다.

"계륵치야, 이 활을 쓰거라. 이 활은 강궁이다. 네가 힘이 세니 이 활을 써도 무방할 것 같구나. 이 활의 사거리는 너끈히 백오십 보는 날아간다. 앞으로 이 활을 사용할 일이 많을 것이다."

어느 날, 우섭 부장이 활 하나를 계륵치에게 주었다. 계륵치 몸에 맞게 특별히 제작한 활과 화살이었다.

"자, 한번 쏘아 보거라."

우섭 부장이 계륵치에게 말했다.

"알겠습니다."

계륵치가 우섭 부장이 준 활을 들어보았다. 활의 둔중

한 느낌이 손에 전해져 왔다. 활시위를 튕겨보니 시위가 팽팽하여 화살을 날리면 백오십 보 이상은 날아갈 것 같았다. 계륵치는 살을 매겨 과녁을 겨냥했다. 한순간 팽팽하던 시위에서 쌩 소리를 내며 화살이 날았다. 화살은 정확하게 과녁 정중앙에 꽂혔다.

"하하하! 과연 계루신 부장의 아들이로다."

우섭 부장이 호탕하게 웃었다.

"아직 활시위를 당길 때 미세한 떨림이 보이는구나. 그러면 과녁이 흔들린다. 활시위를 당길 때에는 태산 같은 묵직함으로 당겨야 한다. 그래야 과녁을 맞춘다. 이제 머지않아 실전을 할 날이 닥칠 것이다. 우리는 언제 어느 때 신라군과 당군과 접전을 벌일지 모른다. 그날이 머지않았다. 그날을 대비하여 혼신을 다하여 무술을 연마하거라."

우섭 부장이 계륵치에게 준엄하게 말했다. 우섭 부장이 돌아가고 계륵치는 검술과 활쏘기, 단검 던지기 등을 계속 했다. 계륵치가 연습을 하는 곳은 성안에서도 외따로 떨어져 있는 작은 산 중턱이었다.

계륵치는 무술 연습 틈틈이 논과 밭에 나가 일도 했

다. 농사를 지어야 군사들의 식량을 조달할 수 있었다. 성을 쌓고 보수하는 일에도 힘을 보태야 했다. 전투가 없는 날에도 성안은 항상 긴장감이 감돌았다. 최근 신라군과 당군이 백제 수복군을 토벌하기 위해 군사들을 충원하고 양곡을 비축하느라 분주하다는 소식이 들려왔다. 이 소식에 수복군은 긴장하며 적의 공격에 대비하기 위해 만반의 준비를 했다.

전투가 없는 날에도 상대방의 성에 첩자를 보내 서로를 염탐했다. 특히 백제 쪽에서 첩자의 정보를 더 의지했다. 그럴 수밖에 없었다. 백제의 왕조는 멸망했다. 왕조가 사라진 군사들은 그것만으로도 사기가 꺾였다. 백성들은 패배감에 젖어 하루하루를 죽지 못해 간신히 목숨만 부지해가는 신세였다. 한 번의 패배가 수복군에게는 돌이킬 수 없는 치명적 손실이 되었다. 따라서 적에 대한 정확한 정보는 그만큼 중요했다.


저녁이었다. 우섭 부장에게서 전갈이 왔다. 저녁을 서둘러 먹고 우섭 부장이 있는 군막으로 오라는 전갈이었다. 계록치는 전갈을 받자 오늘 밤 적군의 성안으로 염탐과 임무 수행을 가는구나 생각했다. 계륵치는 든든하게 요기를 하고 무장을 차렸다. 칼을 어깨에 비스듬히 단단히 둘러메고 활과 화살을 챙겼다. 날카로운 단도도 두 개나 챙겼다. 단도는 양다리에 단단히 비끄러매었다.

"왔구나. 무장을 단단히 하고 온 걸 보니 짐작을 하였구나. 오늘 밤 너와 나, 여기 충길이가 적의 성으로 잠입한다. 적들의 동태가 심상치 않다. 우리들이 가서 보고 적의 동태를 살필 뿐만 아니라 적의 군량 창고와 무기고를 불살라야 한다. 그리하여 적의 예봉을 꺾고 사기를 떨어뜨려야 한다. 작전 중 적에게 발각 시에는 개별적 행동을 취한다. 일을 마치고 성을 빠져나오는 것이 우선이나, 접전을 벌여야 할 상황이면 최대한 신속하게 적을 베고 빠진다. 알았느냐?"

우섭 부장이 계륵치와 충길에게 다짐을 주듯 힘을 주어 말했다.

"예, 알겠습니다."

계륵치와 충길 군사가 큰 소리로 대답했다.

이윽고 세 사람은 말을 타고 성을 빠져나와 밤길을 달렸다. 신라군이 주둔해 있는 성은 100여 리 밖에 있었다.

밤길이지만 말을 달리면 세 시간이면 당도했다. 지척이나 다름없는 곳에 적과 대치하고 있는 셈이었다. 그만큼 전선은 가까웠고 때문에 늘 긴장 속에서 하루하루를 보내야 했다.

때는 6월이었다. 따라서 낮에는 더운 듯하였지만 밤기운은 시원했다. 어느 곳에서 꽃향기가 밤바람에 날아왔다. 계륵치는 말을 달리면서 꽃향기를 숨을 크게 들이쉬여 맡았다. 6월이니 산과 들에는 야생화가 많이 피었을 것이다. 어머니는 꽃을 좋아했다. 꽃 중에서도 어머니는 유달리 찔레꽃을 좋아했다. 가을에 피는 구절초도 좋아하시는 꽃이었다. 그러고 보니 어머니를 만난 지가 석 달이 넘었다. 어머니의 안부가 궁금했다.

"워워! 여기서 잠시 쉬었다 가자. 말도 좀 쉬어야겠다."

우섭 부장이 달리는 말의 고삐를 당겼다. 산비탈 아래쪽으로 개울물이 흐르고 있었다.

"자, 말에게 물을 먹이고 잠시 쉬었다 간다."

우섭 부장이 주위를 둘러보며 말했다. 계륵치는 타고 온 말과 우섭 부장의 말을 끌고 개울가로 내려갔다. 맑은 물이 밤하늘 아래서 하얗게 흐르고 있었다. 충길 군사가 타고 온 말에게 물을 먹이며 계륵치에게 말했다.

"네가 고생이구나. 위험한 일에 뛰어들어 잠도 못 자고 밤길에 말을 달리고 있으니 말이다. 네 이야기는 부장님에게서 들었다. 계백 장군님 휘하에 계시던 계루신 부장님의 자제라는 것을 말이다."

"나라를 찾는 일에 나이가 뭐가 중요하며 어린 것이 무슨 상관이겠습니까. 이 한 목숨 바쳐 백제를 수복할 수 있다면 더 바랄 것이 없겠습니다."

계륵치가 찬 개울물에 얼굴을 씻으며 말했다.

"허어, 모든 백제 백성의 마음이 네 마음만 같다면야..."

충길 군사가 계륵치의 말에 다음 말을 잇지 못했다.

"부끄럽습니다. 그리 말씀하시면... 충길 군사님도 예외가 아니시지요."

"나야 원래 무인이니 그러하다만..."

충길 군사가 달빛에 비친 개울물을 무심히 바라보며 말했다.

"자, 그만 가자."

그때 우섭 부장이 나무둥치에서 몸을 일으키며 말했다.

세 사람은 그 길로 말을 달려 한참 만에 신라군이 주둔하고 있는 성 아랫마을에 당도했다. 올망졸망한 초가들이 곰이 웅크려 자고 있듯 몇 채가 보였다. 우섭 부장은 그중 한 집을 찾아들었다. 백제인이 거주하는 집이었다.

"이보게, 이보게, 곡수. 잠들었는가?"

우섭 부장이 싸리나무로 얼기설기 만든 집 대문을 흔들며 집주인을 불렀다. 잠시 후, 불이 켜지고 나지막하게 집주인의 목소리가 들려왔다.

"누구시우? 이 늦은 야밤에."

"날세, 나. 우섭일세."

"우섭이? 아, 어서 오게나."

두 사람은 친분이 있는 것 같았다. 알고 보니 집주인은 예전 우섭 부장과 군 생활을 같이 한 사람이었다. 백제가 망하자 집주인은 신라군이 점령한 지역에 터를 잡고 근근이 살아가고 있었다. 하지만 집주인은 비록 민간인 신분으로 농사를 지으며 살고 있지만, 백제 군사로서의 자부심은 남아 있었다.

"야심한 밤에 온 걸 보니 성에 잠입할 모양이로구먼."

집주인이 눈치를 채고 말했다.

"그렇다네. 그러니 말을 좀 숨겨주게."

"그러게나. 조심하게. 놈들의 경계가 삼엄할 게야."

집주인이 세 사람을 걱정하여 말했다.

세 사람은 타고 온 말을 집주인에게 맡기고 그 길로 성안으로 잠입을 하기 위해 길을 나섰다. 예상대로 성 주변은 신라군의 경비가 삼엄했다.

"예상은 하였다만 경비가 삼엄하구나. 우선 경비가 허술한 곳을 찾아 그곳으로 스며든다. 계륵치야, 활과 화살을 잘 챙겼느냐?"

우섭 부장이 계륵치에게 물었다.

"예, 챙겼습니다."

"그래, 일을 하는데 있어 한 치의 실수도 없어야 한다. 실수는 곧 죽음이다. 죽음을 불사해야 하는 일에 너를 끌어들여 미안하다만, 지금은 그런 것을 논할 때가 아니다. 아, 하늘도 무심하구나."

우섭 부장이 하늘을 우러러 신음하듯 내뱉었다. 계륵치는 비록 어린 나이지만 우섭 부장의 하는 말과 그 말을 하는 까닭을 충분히 이해했다. 계륵치는 이를 악물고 마음속으로 결의를 다졌다.

세 사람은 허술한 경비 구역을 뚫고 성안으로 잠입하는 데 성공을 했다. 우선 먼저 군량 창고와 무기고를 찾아야 했다. 신라군도 두 곳은 무엇보다 중요하다 생각하여 경비가 절저할 것이었다. 세 사람은 어두운 곳을 찾아 날랜 고양이처럼 몸을 움직였다. 무공으로 단련된 세 사람이었다. 누구보다 행동이 민첩하고 날래었다.

불이 훤히 밝혀진 건물이 보였다. 군량 창고였다. 성안에서도 가장 안전한 곳에 있었다. 그 옆으로는 무기고인지 작은 부속 건물이 있었다. 그곳에도 군사들이 밀집되어 지키고 있었다.

"저곳이다. 나와 충길이 경비 군사를 처치할 동안 계륵치 너는 얼른 군량 창고와 무기고에 불을 지르거라. 그런 다음엔 뒤도 돌아보지 말고 성을 빠져나와 말을 타고 도주한다. 알았느냐?"

우섭 부장이 번들거리는 눈으로 계륵치를 쏘아보며 말했다. 우섭 부장의 눈은 벌써부터 전의에 불타 이글거리고 있었다. 충길 군사도 칼을 꼬나 잡고 무기고를 웅시하고 있었다.

"예, 알겠습니다!"

계륵치 역시 활 쥔 손을 단단히 부여잡고 단호하게 대답했다.

"행동 개시!"

말이 떨어짐과 동시에 우섭 부장과 충길 군사가 경비 군사를 향하여 돌진했다. 그리고는 전광석화처럼 칼을 휘둘렀다. 순식간에 돌진한 두 사람에 의하여 경비 군사들은 칼도 뽑아보지 못하고 피를 뿜으며 나뒹굴었다.

그 사이 계륵치는 잼싸게 군량 창고 문을 열고 들어가 신라군이 켜둔 화톳불을 들고 들어가 불을 질렀다. 연기가 피어오르고 불이 붙었다. 불이 난 것을 발견한 경비 군사가 황급히 군량 창고로 들어왔다. 계륵치는 활시위에 화살을 걸어 경비 군사에게 화살을 날렸다. 빠르게 날아간 화살이 경비 군사의 얼굴에 정통으로 맞아 비명을 지르며 나뒹굴었다. 또 한 경비 군사는 목에 화살을 맞고 피를 뿜으며 죽어갔다.

경비 군사를 해치운 계륵치는 곧이어 무기고로 달려갔다. 우섭 군관과 충길 군사는 경비 군사를 거의 몰살시키고 있었다.

"불이다! 불! 백제군이 잠입하였다. 저들을 잡아라!"

신라군이 몰려왔다. 서둘러 빠져나가야 했다. 우섭 부장과 충길의 무예가 아무리 출중하다 하나 떼로 몰려오는 적을 감당할 수는 없었다. 계륵치는 서둘렀다. 무기고 앞에서 창을 거누며 지키는 신라병이 있었다. 경비 군사는 공격 자세를 하고 있었다. 계륵치가 경비 군사를 향해 달려갔다.

"네놈은 누구냐?"

경비 군사가 계륵치에게 창을 겨누며 물었다.

"나는 백제 무사 계륵치다. 죽기 싫으면 비켜라. 너희들은 우리 백제의 원수다."

계륵치가 칼을 빼어 들고 소리쳤다.

"보아하니 아직 젖비린내가 나는 놈이로구나. 지금이라도 도망치거라. 그러면 살 수 있다."

경비 군사가 계륵치의 나이 어림을 보고 인심 쓰듯 말했다. 아니면 자기 아들뻘 되어서 그런 걸 수도 있었다. 말이 더 이상 필요 없었다. 시간이 없었다. 우섭 부장과 충길 군사는 신라군과 접전을 벌이고 있었다. 어서 이

자를 처단하고 무기고에 불을 질러야 했다.

계륵치가 바람처럼 경비 군사의 창을 칼로 걷어 내고 옆구리를 향해 칼을 휘둘렀다. 순식간의 일이었다. 경비 군사는 계륵치를 얕보았다. 상대방을 얕본 결과는 죽음으로 이어졌다. 더군다나 계륵치는 일찌감치 무예로 단련된 몸이었다. 억 소리와 함께 경비 군사가 피를 뿌리며 쓰러졌다. 계륵치는 쌓여 있는 무기고에 불을 질렀다. 그와 동시에 무기고에 있던 화살 한 뭉치를 꺼내 접전을 벌이고 있는 신라군을 향하여 화살을 날렸다. 화살은 어둠을 뚫고 날아가 신라군을 맞혀 쓰러뜨렸다.

"이만 물러가자!"

우섭 부장이 화톳불을 발로 차 쓰러뜨리며 짧게 말했다. 두 사람은 우섭 부장의 명령에 몸을 돌렸다. 식량 창고와 무기고는 불에 휩싸여 밤하늘을 붉게 수놓았다. 신라군들이 물지게를 지고 물을 날라 와 불을 껐다. 목재로 지은 건물이라 불이 쉽게 잡히지 않았다. 무사히 세 사람은 성벽을 넘었다.


사비도성은 유인원이 이끄는 당군 1만과 신라군 7천

명이 주둔하여 백제 수복군에 대응하고 있었다. 백제 수복군은 사비남령에 성을 쌓고 사비도성 공격을 준비했다. 이미 그 전에 백제 수복군은 인근 20여 개 성을 접수했다.

전투를 벌여 성을 빼앗은 것이 아니라 스스로 백제 수복군에 합류했다. 이에 백제 수복군은 사기가 충천하여 곧 백제를 수복할 듯 기세가 하늘을 뚫었다. 반대로 당군은 위급함을 느껴 삼년산성에 머무르고 있는 신라의 김춘추에게 급히 지원을 요청했다.

계릇치는 우섭 부장과 충길 군사와 신라의 성에 잠입하여 임무를 완수한 후 자신감이 붙었다. 그러나 우섭 부장만은 신중했다. 성주인 흑치상지에게 공을 치하받아도 굳은 표정을 펴지 못했다. 하긴 아직 갈 길이 멀었다. 일희일비할 수 있는 상황이 아니었다. 오늘의 성공이 내일의 실패로 돌아올 수도 있었다.

"계릇치야, 너 집 떠나온 지가 얼마나 되었느냐?"

우섭 부장이 계릇치에게 물었다.

"예… 석 달은 된 듯합니다."

계릇치가 기억을 떠올리며 대답했다.

"그러하냐? 어머니가 보고 싶겠구나."

"⋯ ⋯"

계륵치가 대답을 못했다. 우섭 부장이 묻지 않아도 어머니에 대한 그리움은 언제나 있었다. 어머니는 어떻게 살고 계실까. 신라인들에게 박해나 받지 않으실까 항상 걱정이었다. 우섭 부장이 계륵치의 그런 마음을 다 알고 있다는 듯이 말했다.

"닷새 말미를 줄 터이니 어머니에게 다녀오너라."

생각지도 않은 우섭 부장의 배려였다. 계륵치는 우섭 부장의 말에 어리벙벙했다. 그러다가 이내 넙죽 허리를 굽히며 고마움을 표시했다.

"예. 고맙습니다. 잘 다녀오겠습니다."

"그래. 그 대신 돌아오는 날짜는 지켜야 한다. 한 치 앞을 예상할 수 없는 삶이 우리의 삶이다. 내일 당장 무슨 일이 벌어질지 모른다. 신라군과 당군이 우리 백제 수복군을 토벌하기 위해 모종의 움직임이 있을 것이다. 어디를 가나 항상 긴장을 늦추어서는 안 된다. 그리고 갈 때는 걸어가야 할 것이야. 말을 타고 갔다가는 신라군의 의심을 산다."

우섭 부장이 단단히 계륵치에게 주의를 주었다.

계륵치는 그 날로 여장을 준비하고 길을 떠났다. 괴나리봇짐 속에 칼과 활, 화살을 숨겼다. 짚신도 서너 켤레 준비했다. 어머니가 계시는 곳까지는 족히 200리 길은 되었다. 밤낮으로 부지런히 걸어도 하루 반나절은 걸어야 했다.

계륵치는 성을 나와 어머니가 계시는 고향으로 향했다. 산을 넘고 들을 건너고 강을 건넜다. 나라는 망했어도 산천은 여전히 변하지 않고 푸르렀다. 왕조는 망하고 사람은 바뀌어도 강산은 변함이 없었다. 과연 망한 왕조, 망한 나라를 수복군의 힘으로 되찾을 수 있을 것인가. 아무도 예측할 수 없었다. 오로지 목숨을 다해 신라군, 당군과 싸울 뿐이다.

신라군과 마지막 혈전을 벌이고 장렬하게 돌아가신 아버지가 생각났다. 얼마나 처절하게 싸웠을 것인가. 백제 5천 군사보다 열 배나 많은 신라의 5만 정병을 상대로 혈전을 벌이다 돌아가신 아버지. 계백 장군과 5천 병사들. 그들의 넋이 아직도 황산벌을 헤매고 있을 것이다. 그걸 생각하니 마음이 무거웠다.

'아아, 아버지. 저에게 힘을 주십시오. 저의 보잘 것 없는 목숨이나마 백제의 수복을 위해서라면 기꺼이 바치겠나이다. 아버지가 목숨 바쳐 지키려 한 백제를 기어코 신라군과 당군들에게서 다시 찾을 수 있도록 도와주십시오.'

계륵치가 하늘을 우러러 탄식하듯 내뱉었다. 하늘은 계륵치의 기원을 아는지 모르는지 뭉게구름이 두둥실 떠 있었다. 참으로 한가롭고 여유로운 하늘이었다.

계륵치는 발길을 서둘렀다. 꼬박 하루를 걸어왔다. 새벽같이 떠나와 아침도 챙겨 먹지 못하였다. 목도 마르고 배도 고팠다. 어디 주막이라도 들어가 요기를 하려고 했다. 그러려면 주막을 찾아야 했다. 마침 강 건너편에 마을이 보였다. 강나루가 보이는 마을이었다. 강이 가로질러 흐르고 있었다. 나루가 있고 마을이 있으면 주막도 있을 것이었다.

## 3. 주막에서 만난 소녀 부용차련

　허름한 주막이었다. 마루와 마당에는 장사치로 보이는 사내들이 각기 평상에 둘러앉아 밥을 먹고 있었다. 장사치들은 밥과 술을 먹고 마시며 저들끼리 웃고 떠들었다. 안방과 건넌방이 있는 마루에 사내 예닐곱 명이 밥을 먹고 있었다. 그중 마루 한가운데 앉아 밥을 먹는 세 명의 사내들이 눈에 띄었다. 차림은 장사치 비슷하였으나 장사치로 보기는 뭔가 어설펐다. 눈빛이 예사롭지 않았다.

　계륵치가 주막 안을 휘둘러보았다. 밥과 술을 먹는 사내들은 백제인도 있었고 신라인도 있었다. 구분은 사용하는 말을 들으면 알 수 있었다. 백제와 신라인들의 말은 억양과 사투리가 달랐다. 억양과 사투리만 다른 것이 아니었다. 그들의 위세도 달랐다. 신라인들은 마루에서 여유롭게 밥을 먹고 술을 마셨다. 반면 백제인들은 마당에 깔아 놓은 멍석에서 밥을 먹었다. 백제인들은 망국의 백성들이라 보기에도 위축되어 있었다. 신라인들이 있는 마루 쪽에는 눈길 한 번 주지 않고 묵묵히 밥만 먹었다.

계륵치는 쪽마루 한쪽에 엉덩이를 걸치고 괴나리봇짐을 풀었다. 칼과 활, 옷가지와 짚신이 들어 있었다. 양다리에는 짧지만 날카로운 단도가 숨겨져 있었다. 계륵치가 주막 안을 한번 휘둘러보며 부엌이 있는 쪽을 향하여 주문을 했다.

"주모, 주모. 여기 국밥 한 그릇 주십시오."

계륵치의 주문하는 소리에 잠시 사내들이 수저질을 멈추고 계륵치에게 눈길을 주었다. 마루에서 밥을 먹는 신라인들이 계륵치를 못마땅한 눈길로 노려보았다. 특히 세 사람의 눈빛은 여전히 예사롭지 않았다. 계륵치는 젊은 나이지만 산전수전 공중전까지 겪은 무사였다. 무예로 단련된 몸이라 동물적 본능으로 상대방을 알아보았다.

"술도 드리리까?"

주모가 부엌에서 삐쭉 고개를 내밀며 물었다. 그러다가 주문한 사람이 나이 든 어른이 아니란 걸 알고 표정을 바꾸었다.

"어라, 아니 젊은 총각은 어디 사는 총각이신데 여기 와서 밥을 달라는 거유? 돈은 있으슈?"

주모가 고개를 꼬며 물었다.

"예, 돈은 있습니다. 배가 고프니 어서 국밥 한 그릇 주십시오."

계륵치가 다급하게 말했다.

"알았수. 조금만 기다리시우. 애, 부용차련아, 국밥 한 상 차리거라."

주모가 부엌 안에다 대고 큰 소리로 말했다.

잠시 후 밥상을 들고 한 소녀가 주방에서 나왔다. 감물을 들인 적삼에 쪽물을 들인 치마를 입었다. 나이는 계륵치 나이보다 두세 살은 적어 보였다. 얼굴이 맑고 복숭앗빛으로 발그레했다. 코도 오뚝하고 이마도 반듯하여 총명해 보이는 얼굴이었다. 그러나 언뜻 얼굴에 그늘이 져 있었다. 외모로 봐서는 주막집에서 허드렛일을 할 것 같지 않은 소녀였다.

계륵치는 쪽마루에서 얼른 일어나 소녀가 들고 오는 밥상을 받아 들었다. 소녀가 부끄러운지 고개를 살짝 숙이며 외면했다.

"고맙습니다. 잘 먹겠습니다."

계륵치가 소녀에게 인사를 했다. 소녀는 계륵치의 인사에 볼이 빨개졌다.

잠시 계륵치 앞에서 주춤거리던 소녀가 얼굴을 돌리며 종종걸음으로 부엌으로 들어갔다.

상 위에는 김이 모락모락 나는 국밥과 푸성귀 무친 반찬 한 가지가 있었다. 계륵치는 배가 고팠던 참이라 수저를 들어 국밥을 먹기 시작했다. 시장이 반찬이라더니 밥맛이 꿀맛이었다. 계륵치의 이런 모습을 마루에 앉아 밥과 술을 마시던 사내들이 저희들끼리 쑥떡거리며 힐끔힐끔 계륵치를 건너다보았다.

마파람에 게 눈 감추듯 국밥 한 그릇을 뚝딱 비운 계륵치가 수저를 상에 내려놓고 트림을 길게 했다.

"아이고, 배부르다. 배부르니 이제 살 것 같다."

계륵치가 만족하여 두 팔을 하늘로 쭈욱 뻗었다. 그때 마루에 있던 사내 중 한 명이 슬그머니 엉덩이를 들며 일어나더니 계륵치에게 다가왔다. 다가온 사내가 계륵치를 내려다보며 불쑥 물었다.

"넌 어디 사는 놈이기에 이 서넉에 여기 와서 혼자 밥을 먹는 게냐?"

사내가 처음 보는 계륵치에게 다짜고짜 욕을 섞어가며 물었다. 나이가 어리다고는 하지만 불쑥 놈이라는 욕을 붙여 물으니 계륵치는 기분이 상했다. 가뜩이나 주막에 들어올 때부터 저들의 거동이 심상치 않아 신경이 쓰였던 참이었다.

"아, 예. 저 먼 누르리모이부리(현 충남 논산)에서 고향에 계시는 할아버지를 뵈러 가는 길입니다."

계륵치는 감정을 드러내지 않은 채 공손한 말투로 상대방의 물음에 답했다.

"할아버지를 뵈러 가? 할아버지가 어때서 뵈러 간다는 말이냐?"

사내가 다시금 눈썹을 꿈틀거리며 물었다.

"할아버지께서 병환으로 위중하십니다. 그래서 부모님의 심부름을 가는 길입니다."

계륵치가 천연덕스럽게 대답했다.

"그래? 누르리모이부리라 하면? 가만 있자. 누르리모이부리라 하면…"

사내가 뭔가를 생각하는 듯 짧은 수염을 쓰다듬었다.

"여보게, 누르리모이부리라 하면 백제의 잔당들이 저항을 하는 곳이 아닌가?"

사내가 동료 사내에게 눈길을 돌리며 물었다.

"맞아. 백제의 잔당들이 진을 치고 있는 임존성이 누르리모이부리와 가까운 곳에 있지."

눈꼬리가 길게 찢어진 사내가 동료 사내의 묻는 말에 대답을 했다.

"그렇지! 너 이놈! 그러고 보니 수상하구나. 어린놈이 혼자 이 먼 곳까지 오는 것도 그렇지만, 너 이놈, 백제놈이렸다?"

계륵치는 아차했다. 누르리모이부리서 온다고 하면 안 되는 말이었다. 예상했던 대로 사내들은 평범한 신라 장사꾼이 아니었다. 차림새나 말투를 보아 백제 수복군을 염탐하러 다니는 신라군 첩자였다.

계륵치는 자기의 실수를 인정했다. 언제 어디서나 긴
장을 풀어서는 안 되었고 말과 행동에 신중을 기해야 했
다. 우섭 부장이 신신당부한 말이기도 했다. 먼 길을 걷
고 배가 부르자 자기도 모르게 긴장이 풀린 걸 깨달았다.

세륵치는 긴장을 하며 경계를 했다. 저들이 계륵치를
수상하게 여긴 이상 어떤 행동을 취할지 몰랐다. 계륵치
는 괴나리봇짐을 가까이 끌어당겼다. 일촉즉발의 순간
저 세 사내와 일전을 벌여야 할지 몰랐다. 위기 상황에
대비하여야 했다.

계륵치가 아무리 무예에 뛰어나다고는 하나 저들 역
시 전장에서 잔뼈가 굵은 사내들이었다. 결코 호락호락
보아서는 절대 안 되었다. 만에 하나 접전을 벌인다면
전광석화처럼 민첩하게 몸을 움직여야 했다.

사내들은 계륵치가 나이가 어리다는 이유로 방심을
할 것이다. 바로 그 점이 계륵치에게는 최대의 장점이
었다.

"보아하니 네놈이 아까부터 그 괴나리봇짐을 신주단
지 모시듯 품고 있는데 도대체 그 안에 무엇이 들어 있

느냐? 어디 한번 보자꾸나."

사내가 계륵치에게 손을 내밀어 괴나리봇짐을 보여
달라 했다.

"안 됩니다. 왜 남의 물건을 함부로 보여 달라하십니
까?"

계륵치가 괴나리봇짐을 품에 껴안으며 단호하게 거
절했다.

"뭐라? 안 된다고? 허허, 이놈 보게나. 어른이 보여 달
라면 보여줄 것이지 웬 잔말이냐? 그러니 그 속에 있는
것이 무엇인지 더욱 궁금하구나."

사내의 손이 괴나리봇짐에 미치려는 순간이었다. 계
륵치가 재빠르게 몸을 빼며 양다리에 숨겨 놓았던 단도
를 뽑아 들었다. 그와 동시에 뽑은 단도를 사내의 심장
에 깊숙이 꽂아버렸다. 일순간에 일격을 맞은 사내가 눈
을 허옇게 떴다. 계륵치는 틈을 주지 않고 나머지 한 개
의 단도를 마루에 있는 사내에게 힘차게 날렸다. 빠르기
가 비호와 같았다. 앉아 있다가 날아온 단도에 의해 목
에 단도가 꽂힌 사내가 믿기지 않는다는 표정으로 눈을
크게 뜨고 입을 벌렸다. 그러다가 쿵 소리를 내며 쓰러

졌다.

남은 한 명이 방금 눈앞에서 벌어진 광경에 어안이 벙벙하여 눈이 화등잔만 해졌다. 계륵치가 그 순간을 놓치지 않았다. 처음 사내의 배에 꽂힌 단도를 빼어 마지막 사내에게 흩뿌리듯 던져버렸다. 단도는 빠르게 날아가 사내의 가슴에 정통으로 꽂혔다.

사내가 비명을 질렀다. 비명을 질렀으나 숨이 끊어지지는 않았다. 그 순간에도 사내는 본능적으로 칼을 뽑으려 했다. 그걸 본 계륵치가 괴나리봇짐 속 칼을 꺼내 사내에게 몸을 날려 마지막 숨통을 끊어버렸다. 마루에서 밥을 먹던 신라인들이 짚신을 꿰어 신지도 않고 달아났다.

그야말로 눈 깜짝할 순간에 일어난 일이었다. 마당의 평상 위에서 밥을 먹던 사내들과 주모와 소녀가 방금 눈앞에서 벌어진 광경에 모두 놀라 벌린 입을 다물지 못했다. 계륵치가 이마에 흐르는 땀을 팔뚝으로 닦으며 주막 안에 있는 사람들에게 말했다.

"나는 백제 무사 계륵치라 합니다. 백제를 다시 찾기 위해 나선 몸입니다. 본의 아니게 신라 첩자들을 만나

이들을 처리하였소. 보아하니 마당에 계시는 어른들은 백제인인 것 같습니다. 부탁하오만 누가 보기 전에 이들 시신을 눈에 띄지 않게 처리해 주십시오. 만약 이들이 신라군의 눈에 발각된다면 어른들도 무사치 못할 것이오. 나는 바로 여기를 떠날 것입니다."

계륵치가 괴나리봇짐을 챙겨 등 뒤로 붙들어 매며 사내들에게 부탁을 했다.

"허어 참. 나이 어린 사람이 대단하오. 내 눈 앞에서 일어난 일을 보고도 믿기지 않는구려. 참 대단하오. 무공이 장수 못지않소이다. 참으로 대단하오. 여기 일은 걱정 말고 어서 길을 떠나시오. 그리고 우리 백제를 꼭 수복하여 주시오."

마당에 있던 사내 중 나이 많은 사내가 계륵치에게 허리를 굽혀 예를 하며 말했다.

"고맙습니다. 어르신들도 우리 백제의 수복에 힘을 보태 주십시오. 자, 그럼 뒷일을 부탁드립니다."

계륵치가 인사를 하고 주막을 나섰다. 불가피하게 오늘 밤은 노숙을 하여야 할 듯 싶었다. 우선은 한시바삐 여기를 벗어나는 일이 급선무였다. 계륵치는 주막을 나와 강나루 쪽 갈대가 우거진 곳으로 발걸음을 재촉했다. 그런데 그때였다. 계륵치의 뒤를 다급하게 따라오는 사람이 있었다. 순간 계륵치는 경계를 하며 괴나리봇짐을 끌러 가슴 쪽으로 끌어내렸다. 여차하면 칼을 꺼내 대항하기 위해서였다.

"저... 무사님, 무사님, 저 좀 보고 가세요."

빠른 걸음으로 계륵치의 뒤를 따라오던 사람이 숨 가쁘게 계륵치를 불렀다. 여자 목소리였다. 돌아보니 주막에서 일을 하던 소녀였다. 계륵치는 팽팽해 있던 긴장을 풀고 비로소 안심을 했다.

"아니, 어인 일로 나를 따라오는 것입니까?"

계륵치가 주위를 살피며 물었다. 사위가 서서히 서쪽으로 저물어 가는 석양으로 물들어가고 있었다. 그 붉게 물들어가는 노을빛이 사비도성이 불타는 것을 연상케 했다.

"저, 이거... 이거 좀 전해 주려고요."

소녀가 계륵치에게 무언가를 내밀었다.

"아니, 그게 무엇입니까?"

계륵치가 묻자 소녀는 머뭇대며 들고 온 것을 내밀기

만 했다.

"다른 게 아니라 주먹밥입니다. 먼 길 가실 때 배고프면 드시라고 가지고 왔습니다."

소녀가 작은 목소리로 말했다. 계륵치는 소녀의 마음 씀씀이가 고마웠다.

"이러지 않아도 되는데... 고맙습니다. 어서 들어가십시오. 위험합니다. 나중에 인연이 되면 또 만날 수 있겠지요."

계륵치가 아쉬운 마음으로 말했다. 그러자 소녀가 계륵치의 말에 고개를 살포시 숙이며 응답했다.

"그럴 날이 있을까요? 항상 몸조심 하세요."

"고맙습니다. 그럼 난 가보겠습니다. 아 참, 그대 이름이라도 알고 싶소. 내 이름은 계륵치라 하오."

발길을 돌리던 계륵치가 생각난 듯이 몸을 돌리며 소녀에게 물었다.

"예. 소녀 이름은 부용차련이라 합니다."

소녀가 수줍은 듯 작은 목소리로 대답했다.

"부용차련... 그 이름 내 기억하겠소. 그럼 이만..."

작별을 고하고 계륵치는 빠른 걸음으로 갈대숲 쪽으

로 사라졌다. 부용차련은 계륵치가 사라진 후에도 발길
을 돌리지 않고 갈대숲을 한참 동안 바라보았다.


　다음 날 새벽 계륵치는 고향 마을에 당도했다. 고향
마을은 예전과 다름없이 여전했다. 풍경도 옛 모습 그대
로였다. 낯선 사람의 인기척을 느낀 개들이 여기저기서
짖어대었다. 수탉도 홰를 치고 새벽이 왔음을 알렸다.
　계륵치는 주위를 살피며 도둑고양이 움직이듯 날렵
하게 담장 쪽으로 붙어 섰다. 집 안에는 아무런 인기척
이 없었다. 잠그나마나한 삽짝 문을 밀고 마당으로 들어
섰다. 방문을 잡고 흔들며 어머니를 불렀다.
　"어머니, 어머니. 저 왔어요. 계륵치가 왔어요."
　잠귀가 밝은 어머니였다. 잠시 후 부스럭거리는 소리
가 나더니 등잔불이 밝혀졌다.
　"아니, 우리 아들 계륵치가 왔다는 말이냐?"
　어머니가 문을 와락 열고 나왔다.
　"어머니! 저예요."
　계륵치가 문을 열고 들어서며 어머니를 껴안았다.
　"아이구, 얼마나 먼 길을 걸어왔느냐? 어서 안으로 들

어오너라.”

어머니가 계륵치의 손을 잡아 방 안으로 이끌었다.

“어머니, 절 받으세요. 그동안 얼마나 고생이 많으셨
어요?”

계륵치가 넙죽 절을 했다.

“그래, 그동안 어찌 지내었느냐? 항상 전장 속에서 지
내니 이 어미 마음 편할 날이 없구나. 살아서 볼 수가 있
어 좋구나.”

어머니가 눈가에 흐르는 눈물을 저고리 고름으로 닦
았다.

계륵치는 그동안 있었던 일들을 자세하게 말했다. 임
존성에서 아버지를 아시는 우섭 부장을 만나 그의 도움
으로 성안에 자리를 잡고 잘 지내고 있다고 말했다.

“그래. 고마운 분이로구나. 아버지가 돌아가셨어도 너
를 보살피나 보다. 잊지 말거라. 계백 장군님과 아버지,
5천 군사와 백제의 수많은 영령들이 구천을 떠돌고 있
느니라. 그들의 원수를 갚고 백제 수복을 위해서라면 목
숨을 아껴서는 안 되느니라.”

어머니가 아들 계륵치에게 거듭하여 간곡하게 말했다.

"알겠습니다. 어머님."

계륵치가 어머니의 손을 꼬옥 부여잡고 대답했다. 계륵치는 집에 있는 동안 어머니를 도와 밭일과 논일을 거들었다. 어머니 혼자 농사를 짓기에 힘이 벅찼다. 하지만 어머니는 꿋꿋이 이 모든 일을 해냈다.

신라는 백제를 정복하고 얼마 있다 백제 백성이라 해도 신라 백성과 구분하여 차별하지 않는 정책을 추진했다. 그래야만 백제 백성들의 신라에 대한 반발이 줄어들 것이고, 백제 수복에 대한 열망을 잠재울 수 있으리라 생각했기 때문이다. 이런 유화 정책은 일견 성공적이었다. 하지만 여전히 신라인들이나 당군은 백제인을 핍박했다.

백제 멸망 초기 백성들은 신라와 당나라에 대한 반발심으로 여기저기에서 들불처럼 백제 수복 운동이 일어났다. 현재도 군사적인 항쟁이 계속되고는 있지만 일반 백성들은 신라의 유화 정책에 대부분 적응하며 살았다. 이왕 망한 백제이니 나라의 주인이 누가 되었든 배부르고 등 따뜻하면 그만이라는 생각이 백성들 사이에 퍼졌던 것이다.

신라 조정은 유화 정책을 펴면서도 속으로는 백제인을 믿지 못했다. 따라서 백제인들 사이에 신라에 대한 반란의 기미가 보일까 염려하여 백제인이 사는 마을에 신라의 첩자를 심어 놓았다. 이들 첩자는 거의 백제인이었다. 백제인 중에서 첩자를 은밀하게 선발하여 그들에게 백제인을 감시하고 수상한 사람을 보면 신고하라는 임무를 맡겼던 것이다.

"의심이 가는 사람이 있다만, 우리 마을에서는 아직 이렇다 할 일은 벌어지지 않았다. 그러나 항상 조심은 해야 한다. 특히 신라의 첩자라면 우리 집을 감시할 것이다. 네 아버지가 누구시냐? 계백 장군님과 황산벌에서 5천 결사대와 장렬하게 싸우다 숨진 계루신 부장 아니냐? 그러니 우리 집을 감시 대상으로 염탐할 수 있느니라."

어머니가 조심스럽게 계륵치에게 말했다.

"그렇겠군요. 더군다나 제가 오랜만에 나타났으니 더욱 의심을 가지고 살필 수가 있겠지요. 어머니, 의심을 사기 전에 집을 떠나야겠습니다. 그렇지 않아도 우섭 부장님과 약속한 날이 다 되어 돌아가야 합니다."

"그러려무나. 이제 가면 또 언제 볼지 기약이 없겠구나."

"종종 틈을 내 어머니를 뵈러 오겠습니다. 항상 몸조심 하시고 편안히 계셔야 합니다."

"그런 말 하지 말거라. 한 치 앞을 내다볼 수 없는 삶이 우리의 삶이 아니더냐. 나를 만나러 올 생각은 말고 백제를 수복하는 일에 혼신의 힘을 쏟거라. 그리고 이 어미 걱정은 말거라. 나라 잃고 남편까지 잃은 내가 편안할 수가 있겠느냐? 더군다나 하나밖에 없는 아들은 어느 하늘 아래에서 신라군이나 당군과 싸우다 어떤 일을 당할지 모르는데 말이다."

어머니가 한숨을 쉬며 말했다. 계륵치는 서둘러 떠날 채비를 했다. 사람들의 귀와 눈이 없는 밤을 이용하여 떠나야 했다. 만에 하나 첩자가 계륵치의 동정을 살폈다면 이미 신라군에게 계륵치의 존재를 알렸을 수도 있었다.

계륵치와 어머니의 짐작대로 첩자는 계륵치의 행동을 면밀히 염탐하고 있었다. 신라군에게도 이미 계륵치가 나타났음을 보고했다.

"가거라. 뒤도 돌아보지 말고 가거라. 이 어미는 내 아들 이전에 백제의 아들로 너를 떠나보낸다. 늘 백제를 지키다 최후를 마치신 아버지를 기억하거라."

어머니가 계륵치에게 기어코 눈물을 보이며 당부했다.

"어머니, 소자 떠나옵니다. 어머니의 뜻을 저버리지 않도록 늘 명심하겠습니다."

"오냐, 어서 가거라."

어머니가 손을 저어 어서 가라 일렀다. 계륵치는 집을 나섰다. 집을 나서자 바람결에 이르게 핀 아카시아 향기가 날아왔다. 세상일과 달리 때가 되면 산과 들에는 꽃이 피어 향기를 풍겼다. 이르게 아카시아 꽃이 피었는가. 아니면 찔레꽃 향기인가. 아, 그러고 보니 예전 집 뒤란에도 찔레꽃이 무더기로 피어 있던 모습이 생각났다. 찔레꽃은 어머니가 유난히 좋아하는 꽃이기도 했다.

마을 입구를 벗어나자 계륵치는 발걸음을 재촉했다. 한 시라도 빨리 임존성에 당도하여야 했다. 그러려면 밤잠을 자지 않고 쉼 없이 걸어야 했다. 산모퉁이를 돌기 전 계륵치는 괴나리봇짐 속에 숨겨 두었던 활과 화살을 꺼냈다. 계륵치가 떠나는 것을 알았다면 첩자와 신라군은 모퉁이 어딘가에 숨어 있을 것이었다. 은밀하게 숨어 있다가 계륵치가 나타나면 덮칠 것이었다.

그렇다면 그들이 치기 전에 계륵치가 선수를 치는 편이 유리했다. 기습에는 기습으로 대처하는 방법이 효과적이었다. 계륵치는 비록 젊은 나이였지만 이미 본능적인 삼삭과 비상한 머리, 놀랄 만한 무예를 지닌 무사였다. 따라서 전술과 전략, 임기응변에 능하였고 상황에 신속하게 대처하는 능력이 있었다.

첩자와 신라군은 계륵치가 새파랗게 젊은 사람이라는 것을 알았다. 따라서 그들은 계륵치를 두려워하지 않을 것이며 방심을 할 것이다. 계륵치의 무예가 출중하다는 것을 모를 것이었다. 그 점이 바로 허점이기도 했다.

계륵치는 등에 맨 괴나리봇짐 속 칼을 확인하고 활시위에 화살을 걸었다. 여차하면 바로 화살을 날릴 태세를 취했다. 그때였다. 짐작했던 대로 어둠 속에서 검은 그림자들이 어른거렸다. 그들은 길목을 지키고 계륵치를 기다리고 있었다.

계륵치는 그들이 자기를 헤치려는 적이라는 것을 안이상 지체할 이유가 없었다. 먼저 공격을 하여 기선을 제압하여야 했다. 계륵치는 망설이지 않고 선제공격에 들어갔다. 70여 보 앞에 있는 그림자를 겨냥해 바로 화살을 날렸다. 화살이 어둠을 뚫고 빠르게 날았다. 화살은 정확하게 앞에 있던 사내의 가슴을 뚫었다. 연이어 두 번째 화살을 날렸다. 두 번째 화살 역시 일행 중 한 명의 목에 가서 박혔다. 날카로운 비명 소리가 밤하늘에 울려 퍼졌다.

"아악!"

그때서야 정신이 퍼뜩 든 세 번째 사내가 칼을 뽑아 들었다.

"네 이놈! 어린놈이 감히! 네놈을 베어 죽일 테다."

벼락같이 소리를 지르며 사내가 칼을 치켜들고 계륵치에게 달려들었다. 계륵치는 재빠르게 어깨에 비끄러매었던 괴나리봇짐 속 칼을 빼어 들었다.

"사내란 자들이 비겁하게 숨어 있다가 기습을 하려 하다니 부끄럽지도 않소이까? 나는 백제 무사 계륵치요. 당신은 누구요?"

계륵치가 소리쳐 물었다.

"백제? 홍, 백제는 무슨 얼어 죽을 백제야. 백제가 망한 적이 언젠데 백제 타령이냐?"

사내가 계륵치의 물음에 코웃음을 쳤다.

"그러고 보니 백제인 첩자로구려. 아무리 살려고 그런
다지만 백제인으로서 부끄럽지 않소이까?"

계륵치가 상대 사내에게 칼을 꼬나 쥐고 소릴 질렀다.

"허허, 어린놈이 제법이구나. 네놈의 그 용기는 가상
하다만 이미 망한 백제다. 미련을 버리거라."

사내가 비굴한 웃음을 지으며 말했다.

"당신 말대로 백제는 망했다. 그러나 나라는 망했지만
백제의 혼은 죽지 않았다."

"백제의 혼? 그게 무슨 말라비틀어진 개뼈다귀냐? 네
말마따나 백제의 혼이 살아있는데 백제가 망했단 말이
냐? 그런 혼 따위는 지나가는 개에게나 줘버려라."

사내가 계속 계륵치의 말에 시비를 걸며 이기죽거렸다.

"신라의 개가 된 네놈이 백제의 혼을 알 리가 있느냐?
네놈 같은 놈들 때문에 백제가 망했다!"

계륵치가 눈을 치뜨며 사내에게 호통을 쳤다.

"말이 안 통하는구나. 네 나이가 어려 죽이기는 안됐
다만 어쩔 수가 없구나. 날 원망하지 말거라. 에잇!"

말을 끝냄과 동시에 사내가 빠르게 계륵치에게 칼을 휘둘렀다. 이미 계륵치는 상대방이 어떤 자세에서 칼을 휘두를 것인가를 짐작했던 터였다. 계륵치는 몸을 비틀어 상대방의 칼날을 피함과 동시에 일자로 칼을 내질렀다.

상대방도 만만치 않았다. 첫 번째의 공격이 실패할 경우 다음 자세를 어떻게 취할 것인가를 염두에 둔 듯, 사내는 계륵치의 칼날을 살짝 피했다. 접전에서는 상대방의 공격과 수비, 그 사이에 비는 허점을 놓치지 않고 공격으로 이어져야 했다.

"허, 어린놈이 무예가 예사롭지가 않구나. 네놈은 어디서 무예를 배운 것이냐?"

사내가 계륵치의 칼 솜씨에 혀를 내두르며 물었다.

"이 나이에 어디서 무예를 배웠겠느냐. 내 속에 살아 있는 백제의 혼이 나를 이렇게 만든 것이다."

"그러하냐? 네 뜻은 가상하다만 네 뜻이 펴질 것 같지는 않구나. 나를 원망 말거라."

더 이상 말이 필요 없다는 듯 사내가 칼 든 손을 비껴들더니 오른발로 땅을 박차며 솟아올랐다. 그 순간 계륵치는 왼발에 숨겨 두었던 단도를 꺼내 순식간에 사내에게 날려버렸다. 솟구쳐 오르던 사내는 날아오는 단도를 피할 사이도 없이 그대로 배에 맞고 땅바닥에 나뒹굴었다. 사내의 숨은 쉽게 끊어지지 않았다. 사내가 가쁜 숨을 몰아쉬며 계륵치를 올려다보았다.

"대단하구나. 너야말로 백제의 살아있는 혼이로구나…"

임존성은 급박하게 돌아가고 있었다. 백제 수복군은 본진을 임존성에서 주류성으로 옮겼다. 백제 수복군은 사비도성을 두 차례나 공격하였으나 실패했다. 실패의 여파는 컸다. 군사의 손실이 큰 데다가 당나라는 유인궤 장군을 추가로 파견하여 나당 연합군을 지원했다.

우섭 부장은 임존성을 나와 부여복신 장군의 휘하에 있었다. 복신 장군은 금강 입구에 목책을 세워 당군의 공격을 대비했다. 계륵치는 우섭 부장이 있는 곳으로 말을 달렸다. 그동안 계륵치가 고향의 어머니를 만나고 오는 동안 격변이 많았다.

"우섭 부장님, 저 계륵치이옵니다."

계륵치가 말에서 내려 우섭 부장에게 인사를 했다. 우

섭 부장은 부하 군사와 목책을 둘러보고 있었다. 목책을
세웠다고는 하나 당군이 물밀듯이 밀려오면 크게 소용
이 되지 않을 것이었다.

"왔느냐. 보다시피 네가 없는 동안 많은 일이 있었다.
어쨌든 잘 돌아왔다. 여기 일이 한 치 앞을 볼 수 없도록
긴박하게 돌아가는구나."

우섭 부장이 말했다. 옆에 있던 충길 군사도 계륵치를
보고 밝게 웃었다.

"어머니는 잘 뵙고 왔느냐?"

"예. 덕분에 잘 뵙고 왔습니다. 그동안 많은 일이 있었
군요."

계륵치가 유유히 흐르는 강을 바라보며 말했다. 전쟁
중임에도 강 위에는 고기를 잡는 배들이 그물을 올리고
내리고 있었다. 그러고 보니 숭어를 잡는 철이었다.

"머지않아 당군이 대군을 이끌고 쳐들어올 것이다. 이
번 싸움은 만만한 싸움이 아닐 것이다. 대비를 한다고는
하나 모든 면에서 우리 백제군은 당군보다 열세이다. 어
려운 싸움이 될 것이다."

우섭 부장이 비장하게 말했다.

목책을 세워 강으로 배를 타고 공격하려는 당군을 막으려는 의도였다. 성 역시 토성이었다. 군사력도 당군보다 열세였다. 당군보다 낫다고 할 수 있는 건 군사 한 명한 명이 망한 백제를 다시 수복하려는 뜨거운 투쟁 의지 하나였다.

"당군이 쳐들어오면 네가 할 일이 있다. 너는 성에서 당군을 상대할 것이 아니라 당군으로 위장하여 적진으로 진입해라. 그런 다음 당군의 장수를 골라 없애야 한다. 당군 일천 명 일만 명보다 당군 장수 한 명을 없애는 것이 훨씬 전술상 유리할 수도 있다. 알겠느냐?"

우섭 부장이 계륵치에게 강조하듯 말했다.

"그리하겠습니다."

"허면 당나라 말 몇 마디 정도는 하여야 한다. 내가 당나라 말을 할 줄 아는 자를 붙여줄 테니 당나라 말을 다만 몇 마디라도 배우거라. 시일이 촉박하다."

계륵치는 군막으로 돌아오자마자 우섭 부장이 소개해준 사람으로부터 당나라 말을 배우기 시작했다. 간단한 일상적 말이었다. 계륵치는 쉽게 말 몇 마디를 배웠다.

# 4. 백제 수복군의 뼈아픈 패배

예상했던 대로 당군이 대대적으로 공격하여 왔다. 대
군이었다. 당군 총사령관은 유인궤였다. 유인궤는 백전
노장이었다. 전장에서 잔뼈가 굵을 대로 굵은 장군이었
다. 백제 수복군의 총사령관은 부여복신 장군이었다. 복
신 장군은 왕족 출신으로서 무왕의 조카이자 의자왕의
사촌이었다. 부여복신은 백제 멸망 이후 흑치상지 장군
이 성주로 있는 임존성에 합류하여 백제 수복군을 대표
하는 인물이 되었다.

당군은 금강으로 배를 타고 왔다. 육로로도 왔다. 강
과 육지에서 양면으로 공격을 감행했다. 백제 수복군은

목책을 사이에 두고 당군이 타고 온 배를 향해 불화살을 쏘았다. 목책으로 다가오지 못하도록 사력을 다했다. 당군이 탄 배가 육지에 닿아 당군이 배에서 하선하여 공격을 감행한다면 허술한 토성은 쉽게 점령당할 것이었다. 그러지 못하게 막아야 했다. 하지만 육로에서 공격을 감행하는 당군은 기마병과 보병이 혼재되어 효과적으로 백제 수복군을 공격했다. 백제군은 죽을힘을 다하여 당군의 공격을 막아 내었다.

"이때다! 계륵치야, 혼전 중일 때 당군 속으로 잠입하거라. 네 할 일은 알고 있을 테니 내 따로 말하지 않겠다. 내 마지막으로 한마디한다만, 죽지 말거라."

우섭 부장이 당군을 향해 화살을 날리며 비장하게 말했다. 충길도 그 옆에서 고개를 끄덕였다.

"알겠습니다. 부장님도 충길님도 몸 보존하십시오."

말을 마친 계륵치는 그 길로 당군 복장으로 갈아입고 성 뒷문으로 빠져나와 당군이 있는 쪽으로 날래게 달려갔다. 당군은 수만은 되어 보였다. 금강과 육로에서 협공을 하는지라 백제 수복군은 크나큰 혼란을 겪고 있었다. 군사의 수가 많다면 반으로 나눠 금강 쪽과 육로 쪽을 방어하련만 군사의 수가 적었다.

토성 망루 위에 복신 장군의 깃발이 휘날렸다. 금강 쪽을 힐끗 보니 흑치상지 장군의 기가 보였다. 두 장군이 나눠 지휘를 하는 중이었다.

계륵치가 당군이 공격하는 방향을 우회하여 본진에 합류할 즈음이었다. 뒤쪽에서 당군이 탄 말 두 필이 달려오고 있었다. 말에 탄 당군의 등 뒤의 기가 보였다. 전령이었다. 계륵치는 저들을 살려 보내서는 안 된다는 생각이 퍼뜩 들었다. 계륵치는 활과 화살을 꺼내 들었다. 마침 미루나무 한 그루가 바로 앞에 있었다. 계륵치는 나무 뒤에 몸을 숨기고 화살을 겨누었다. 뿌연 흙먼지를 일으키며 말이 달려왔다. 당군 전령들은 채찍을 연신 휘두르며 알아들을 수 없는 소리를 지르며 달려왔다. 앞서서 달려오는 당군을 향하여 힘차게 당긴 활시위를 놓았다. 화살이 피융하며 바람 소리를 내며 날았다. 뒤이어 두 번째 화살을 날렸다. 앞서 달려오던 당군이 말 위에서 떨어졌다. 곧이어 뒤에서 달려오던 당군 역시 말에서 아래로 처박혔다.

"이놈들아, 너희 놈들이 신라를 도와 우리 백제를 멸

망시키다니. 너희 놈들은 우리 백제의 원수이다."

계륵치가 소리 높여 외쳤다.

"공격하라! 한 놈도 살려 두지 마라!"

당군 장수가 군사들에게 칼을 높이 쳐들고 소리소리 질렀다. 당군들은 토성에 있는 백제 군사들을 향하여 연신 화살을 쏘았다. 혼전 중에 계륵치는 당군 속에 잠입했다. 계륵치는 백제군에게 화살을 쏘는 척하며 말 위에 탄 당군 군사들에게 화살을 날렸다. 말 위에 타고 군사들을 독려하는 자들은 거의가 장수거나 부장급 장수였다. 계륵치의 화살에 말 위에 탄 장수들이 하나둘 말 위에서 떨어졌다.

그때였다. 계륵치의 뒤에서 벼락같은 소리가 들려왔다.

"네놈은 어느 놈이기에 화살을 어디에다 쏘는 거냐? 내 아까부터 네놈을 살펴보았다."

수염이 얼굴을 전체를 덮다시피 한 당군이 계륵치에게 칼을 겨누며 소리를 질렀다.

"이놈아, 보면 모르느냐? 백제군을 향해 화살을 날리지 누구한테 날리겠느냐?"

말과 동시에 계륵치는 소리를 친 당군에게 화살을 날

렸다. 불시에 공격을 당한 꼴이라 당군은 화살을 피할 틈도 없었다. 화살은 당군의 오른쪽 눈에 가서 박혀버렸다.

"아악!"

비명 소리가 당군의 함성 소리에 묻혔다. 계륵치는 연신 화살을 날려 당군 장수를 쓰러뜨렸다. 접전을 벌인 지 한나절이 넘어가고 있었다. 함성 소리가 점점 작아졌다. 전투가 점점 끝나갔다. 계륵치는 활을 쏘고 옆에 있는 당군을 칼로 베고 하다가 슬그머니 당군의 말을 타고 전장을 빠져나왔다.

계륵치의 눈부신 활약에도 불구하고 전세는 기울었다. 백제 수복군의 큰 패배였다. 중과부적과 전술의 패배였다. 수복군은 이제까지 연승을 거두었다. 이에 지도층은 오만하여졌다. 더군다나 부여복신 장군은 백제 왕족이라고 장군들의 말을 잘 듣지 않았다. 독선적이었다. 그런 지도자들의 오만과 독선이 결국 1만이나 되는 백제 수복군을 전사케 하는 원인이 되었다. 백제 수복군으로서는 여간 큰 손실이 아니었다. 수복 전쟁 이후 가장 많은 사상자가 발생했다. 이 전투에서 충길 군사도 죽었다.

"아아, 너무 뼈아픈 패배로구나. 이를 어찌하면 좋단 말이냐?"

우섭 부장이 하늘을 우러르며 탄식했다. 우섭 부장도 어깨가 베어져 피를 흘리고 있었다. 살아남은 백제 수복군 중 온전한 군사가 없을 정도로 부상자가 넘쳐났다. 사방에서 군사들의 신음 소리가 들려왔다. 피비린내가 물씬물씬 풍겼다. 계륵치는 눈물을 흘렸다. 닭똥 같은 눈물을 뚝뚝 흘렸다. 너무나 억울하고 분했다.

우섭 부장은 칼에 베인 어깨를 치료했다. 원체 강한 무인의 몸이라 회복이 빨랐다. 천만다행이었다. 이번 전투에서 죽은 충길 군사의 죽음은 참으로 애석한 일이었다. 충길 군사는 무예도 뛰어났지만 무엇보다 우섭 부장을 믿고 따랐다. 우섭 부장 역시 상하 관계를 떠나 충길 군사를 아우처럼 여겼다. 그런 충길 군사가 죽은 것이다. 충길 군사뿐만 아니라 1만여 명이나 되는 수복군이 죽었다. 백제 수복군으로선 씻을 수 없는 패배였고 크나큰 손실이었다.

백제 수복군의 사기가 크게 떨어졌다. 그럴 수밖에 없었다. 백제 멸망 후 초기 수복군은 신라군과 당군과의 전투에서 연전연승했다. 사비도성을 공격하려 할 때에는 인근 20여 개 성이 수복군에 합류하기도 했다. 당시 사비도성에는 유인원이 이끄는 당군 1만과 신라군 7천이 있었다.

　　부여복신 장군이 유인궤가 이끄는 당군에게 큰 패배를 당하자 도침은 사비도성의 포위를 풀고 후퇴를 했다. 당시 도침은 사비도성의 외곽에 주둔하고 있으면서 사비도성을 포위하고 있었다. 도침은 임존성으로 철수하고 복신은 주류성으로 물러나 후일을 기약했다.

　　우섭 부장과 계륵치 역시 복신 수복군에 속해 있으므로 주류성으로 옮겨갔다. 주류성은 작았다. 신라군과 당군이 대거 쳐들어온다면 막아 낼 수가 없었다. 그나마 남은 백제 수복군 마저 전멸을 당할 것이었다.

　　"계륵치야, 안 되겠다. 너는 이 성에 머물러 있지 말고 성을 나가거라. 성에 있다간 자칫 개죽음을 당할 수 있다. 나도 기회를 봐서 이 성을 빠져나갈 터이니 우리끼리 독자적으로 백제 수복 운동을 하자."

우섭 부장이 계륵치에게 비장하게 말했다.

"알겠습니다. 그럼 저는 어디로 가야 할까요? 부장님
과는 언제 어디서 만나는 겁니까?"

계륵치가 우섭 부장에게 물었다.

"일단은 네 어머님이 계시는 고향으로 가 있거라. 거
긴 또 네가 할 일이 있을 것이다. 사비도성에는 신라군
과 당군이 많은 곳이니 특별히 주의해야 한다. 나는 때
를 봐서 너와 합류하겠다. 이제 너도 네 한몫을 할 수 있
는 나이이다. 신라의 화랑을 알고 있지 않느냐? 계백 장
군과 5천 백제군을 격파하는 데도 신라의 젊은 화랑들
이 앞장섰다."

"맞습니다. 우리 백제에도 신라의 화랑 같은 나라를
위해 목숨을 바치려는 젊은이들이 있었더라면 우리 백
제의 운명은 달라졌을지도 모릅니다."

계륵치가 안타까운 마음으로 말했다.

"신라의 화랑 같은 존재가 바로 너 계륵치다. 그러니
신라의 화랑 열 배 백 배의 몫을 네가 하여야 한다. 알겠
느냐?"

우섭 부장이 계륵치에게 힘주어 말했다.

다음 날로 계륵치는 말을 타고 성을 벗어났다. 계륵치의 외모는 누가 봐도 신라인이었다. 계륵치는 일부러 신라인의 복장을 하고 신라인 행세를 했다. 그것도 아주 지체 높은 고관의 아들이었다. 평범한 백성들은 말을 타고 다닐 수가 없었다. 고관들이나 그의 가족이나 자녀들, 장수들이나 말을 타고 다닐 수 있었다.

한참 말을 달리자 예전에 들렀던 주막이 보였다. 계륵치는 주막을 보자 부용차련이 생각났다. 부용차련에게 무슨 사연이 있어 주막에서 일하는지 알 수가 없었다. 그녀의 외모와 풍기는 분위기를 보면 평범한 집 여식은 아니었다. 분명 사연이 있을 것이었다.

계륵치는 주막 앞에서 말을 내렸다. 바깥마당에 있는 감나무에 말을 매어 두고 계륵치는 주막 안으로 들어섰다. 마당과 안채 마루에는 사람들이 삼삼오오 모여 술을 마시거나 요기를 하고 있었다. 계륵치는 평상 한 귀퉁이에 앉아 부엌 안을 힐끔거렸다. 혹시나 부용차련이 보일까 싶어서였다. 주모와 일하는 아낙네 한 사람이 부엌에서 분주하게 오갈 뿐 부용차련은 보이지 않았다.

"아이구, 귀한 댁 도련님이시구랴. 뭐를 드릴까? 술상을 봐오리까? 밥상을 봐오리까?"

주모가 계륵치를 알아보지 못하고 주문을 받았다. 다행이었다. 예전 이곳에서 있었던 일을 모르는 것이 계륵치에게는 오히려 잘된 일이었다. 기억하는 것이 다 좋은 것만은 아니었다. 때로는 기억하지 못하고 잊어버리는 것도 필요했다.

"주모, 국밥 한 그릇 주시오. 그리고 주모, 뭐 하나 물어봅시다. 예전에 내가 이 주막으로 우리 아버님과 함께 들러 밥을 먹은 적이 있소. 그때 어린 소녀가 있었던 것 같았는데 안 보이오?"

계륵치가 시치미를 뚝 떼고 주모에게 능청스럽게 물었다.

"아하, 부용차련을 말하는가 보오. 허, 도련님께서도 눈은 있으셔서 부용차련의 미모에 반하신 것 같구려. 도련님, 그 미모 때문에 부용차련이 당나라 놈들에게 끌려갔다오."

주모가 청천벽력 같은 말을 했다. 계륵치는 주모의 말에 깜짝 놀라 다시 물었다.

"아니, 그게 무슨 말이오? 당나라 놈들에게 끌려가다

니?"

"말도 마시우. 부용차련이 사실은 이런 누추한 주막에서 허드렛일을 할 애가 아니라우. 백제가 망하긴 전 그 애의 아비 되는 사람이 백제의 4품인 덕솔 벼슬을 한 사람이었다우. 백제가 망하자 신라인들에게 팔려서 여기까지 온 애라우."

주모가 묻지 않은 말까지 부용차련의 신상에 관해 말했다. 계륵치의 짐작이 맞았다. 비록 주막에서 일하는 소녀였지만 품기는 기품이 예사 평범한 백성의 여식은 아니었다. 계륵치는 태연하게 주모에게 다시 물었다.

"그럼 주모, 혹시 소녀가 어디로 끌려간지 아시우?"

"글쎄요. 당나라 놈들이 부여 사비도성에 주둔하고 있으니 거기에 있을 듯싶소. 아이구, 내가 말이 많았네. 내 국밥 가져다 드릴 테니 맛있게 드시우."

주모가 말을 끝내고 황급하게 부엌으로 들어갔다. 계륵치는 어떻게 국밥을 먹었는지 모르게 국밥을 먹었다. 국밥을 먹자마자 주막을 나와 말을 달렸다. 부용차련이 당군에게 잡혀 끌려갔으니 어떻게 해서든 부용차련을 구해내야 했다.

"이런 죽일 놈들. 나이 어린 소녀를 끌어다 무슨 짓을 시킬는지... 내 이놈들을 가만 두지 않으리라."

계륵치가 분을 삼키며 이를 갈았다. 신라인이나 당나라인들 중에는 백제 백성들을 잡아 당나라는 물론 여기저기에 노예로 팔기도 했다. 특히 당인들은 백제 백성들을 당나라까지 끌고 가 자국은 물론 이웃 나라에까지 노예로 팔았다. 이처럼 망국의 백성들은 살아도 사는 목숨이 아니라 온갖 수모를 당하며 비참한 생활을 영위해야 했다.

해시(밤 11시)쯤이 되어서야 계륵치는 고향 마을 입구에 당도했다. 마을 입구에 들어서자 예나 다름없이 개들이 이 집 저 집에서 짖어대었다. 별도 없는 그믐밤이었다.

계륵치는 말에서 내려 조심스럽게 집 안으로 들어섰다. 안방에서 가물가물 불빛이 바깥으로 새어 나왔다. 말발굽 소리에 어머니가 방문을 열고 나왔다. 마당에 들어선 계륵치와 말을 본 어머니가 버선발로 뛰어나왔다.

"아이구, 계륵치야. 이 늦은 밤에 네가 오다니 어쩐 일

이냐? 그렇잖아도 어젯밤에 꿈에 보이더니 네가 오려고
꿈에 보였나보다."

어머니가 계륵치를 끌어안으며 감격에 겨워했다.

"어머니, 그동안 별고 없으셨지요?"

계륵치가 어머니의 손을 맞잡고 안부를 물었다.

"오냐, 나야 무슨 일이 있겠느냐? 네가, 네가 걱정이어
서 그렇지. 어서 안으로 들어가자구나. 말은 저기 헛간
에다 매어 두거라."

어머니가 계륵치가 타고 온 말을 보고 헛간을 가리
켰다.

오랜만에 만난 어머니와 아들은 방 안에서 그동안 있
었던 일들을 얘기하며 시간 가는 줄을 몰랐다. 어머니의
얘기 중에 고향 마을에도 당인들이 들어와 백제인 중 젊
은 사람과 여자들을 잡아 당나라로 많이 끌고 갔다고 하
며 한숨을 쉬었다.

"나는 용케 그놈들의 손아귀를 벗어났다만 사는 게 사
는 것이 아니로구나. 밖에 나가면 신라인들의 눈치를 봐
야지, 그렇잖으면 당군 놈들이 해코지나 하지 않을까 항
상 마음을 졸이며 산단다."

"어머니, 이게 다 나라를 잃은 설움이지요. 그래서 반드시 백제를 다시 수복해야 합니다. 그동안 백제 수복을 위해 얼마나 많은 사람들이 피를 흘리고 목숨을 잃었는지 모릅니다."

계륵치가 신라군과 당군과의 싸움에서 목숨을 잃은 수복군을 떠올리며 말했다. 그중에서 가장 먼저 생각나는 사람이 충길 군사였다. 우직하고 믿음직한 충길 군사. 어떤 어려운 일에도 군말 하나 없이 묵묵히 맡은 바 일을 해내던 군사였다. 그런 충길 군사가 지난 번 당군과의 전투에서 죽었다. 충길 군사뿐만 아니라 백제 수복군 1만이나 되는 군사들이 죽었다. 지금 생각해도 너무나 뼈아프고 원통한 패배였다.

계륵치는 그간 있었던 일들을 어머니에게 상세하게 말했다. 어머니는 고개를 끄덕이거나 혀를 차며 계륵치의 말을 들었다. 특히 부여복신 장군이 이끄는 백제 수복군이 당군에게 패하여 1만이나 되는 수복군이 죽었다는 말에는 눈물을 흘리며 원통해 했다.

"세상에 어찌 그런 일이 있을 수 있단 말이냐? 한 명의 군사가 절실하게 필요한데 1만이나 되는 군사가 죽다니

하늘도 무심하구나."

"어머니, 저도 그 일만 생각하면 분하고 억울해서 잠이 오지 않습니다."

계릌치가 주먹을 불끈 쥐고 분을 삭였다.

다음 날 계릌치는 사비도성으로 들어가기 위해 준비를 했다. 의복 역시 신라 귀족 자제가 입는 옷이었다. 말도 깨끗이 씻기고 말 장식도 달았다. 누가 봐도 신라 귀족 자제의 행색을 갖춘 것이다. 어중간한 차림보다는 귀족 차림이 검문에도 유리했고 신라군이나 당군에게도 검문을 당하지 않을 것이었다.

"어머니, 다녀오겠습니다."

계릌치가 말 위에 올라 어머니에게 인사를 했다.

"오냐. 조심히 다녀오거라."

계릌치는 집을 나와 말을 달렸다. 말을 달리며 보는 산천은 변함이 없었다. 그러나 지나다니는 백성들은 달랐다. 간혹 보이는 백제인은 위축되어 있고 기운이 없었다. 반면에 신라인이나 당군은 당당했다.

성문 앞에 당도했다. 성안으로 들어가려는 백성들이 줄을 서서 경비병의 검문을 기다리고 있었다. 계릌치는 말 위에서 내리지도 않고 침착하고 당당하게 차례를 기다렸다.

잠시 후 계륵치의 차례가 되었다. 경비병이 말 위에 탄 계륵치를 올려다보았다. 경비병은 계륵치의 늠름하고 당당한 모습에 위축되어 주춤거렸다.

"나는 신라 아찬(6품) 관직에 있는 사부달의 아들이오. 길을 여시오."

계륵치가 말 위에서 큰 소리로 말했다.

"아이구, 그러십니까. 어서 들어가시지요."

계륵치가 아찬 관직 이름을 대자 경비병이 꺼뻑 죽는 시늉을 하며 길을 열었다. 예상대로 경비병은 계륵치를 신라 아찬 관직의 아들로 보았다. 아찬 관직은 신라의 17 품계 중에 6품이므로 고위직이었다. 그러니 말단 경비병으로서는 꺼뻑 죽을 수밖에 없었다.

계륵치는 말에 박차를 가하여 성안으로 빠르게 들어갔다. 성안에 들어간 계륵치는 주막을 찾아 타고 온 말을 맡기었다. 주막 하인에게 말에게 건초와 물을 듬뿍 주라 일렀다. 그런 다음 홀가분하게 당군이 있는 성안으로 걸음을 재촉했다.

사비도성은 신라군과 당군에 의해 철저하게 파괴되었다. 성을 태우는 불길이 엿새를 갔다고 했다. 성안은 폐허로 변했고 성곽만 남았다. 철저하게 파괴하고 태웠다. 신라군과 당군은 백제인을 남녀노소 불문하고 죽였다. 시체 태우는 연기가 한 달을 갔다하니 얼마나 많은 백제인이 죽었는지 모른다. 포로로 당나라로 끌려간 백성들도 수만 명이었다. 망국의 왕 의자왕과 왕비와 왕자도 당나라로 끌려갔다. 의자왕은 당나라로 끌려간 지 4개월 만에 망국의 한을 안고 죽었다.

신라 노예상들은 백제의 젊은 남자와 여자들을 잡아 당나라에 노예로 팔았다. 반항을 하는 백제인은 무조건 죽였다. 죽여도 누가 뭐라는 사람은 아무도 없었다. 그야말로 무법천지였다. 망국 백성은 살아있어도 살아있는 것이 아니었다. 계릉치는 이런 처참한 현실에 자기도 모르게 뜨거운 눈물이 솟구쳤다. 계릉치는 흐르는 눈물을 손등으로 문질러 닦았다. 불과 얼마 전에 이 성안에서 일어난 일이었고, 현재도 진행 중이었다.

당군의 내부 사정을 알려면 성안으로 깊숙이 들어가야 했다. 성 중심부에 당군이 몰려 있었다. 당군도 신라인들에게는 같은 우방국으로 별다른 의심을 하지 않았다. 계륵치는 누가 보더라도 신라의 지체 높은 집안의 아들이었다.

계륵치는 당군이 있는 처소를 이곳저곳 기웃거렸다. 많은 백제 여인들이 당군의 시중을 들기 위해 잡혀 왔다. 삽혀온 여자들은 당군을 위해 온갖 잡일을 다했다. 빨래서부터 음식 만들기, 심지어는 술자리에서 당군을 위해 춤을 추고 술도 따랐다.

계륵치가 당군의 처소 쪽을 기웃거리자 마침 처소 쪽에서 여인 한 사람이 나왔다. 계륵치는 얼른 그 여인에게 다가갔다. 여인에게 다가간 계륵치는 손가락을 입에 대며 조용히 하라고 이르고, 사람들의 눈길이 없는 곳으로 여인을 이끌었다.

"나는 백제인 계륵치라 합니다. 그대도 백제인이오?"

계륵치가 주위를 살피며 물었다. 여인은 처음에는 낯선 계륵치의 모습에 겁을 먹고 있다가 백제인이라 하자 안심을 하는 모습이었다.

"그렇습니다. 당군들이 이곳으로 나를 끌고 왔소."

"그렇군요. 나라를 잃으니 백성들이 고생이 많습니다.

내가 이렇게 이곳을 찾은 것은 사람을 찾기 위해서입니다. 혹시 부용차련이라는 소녀를 아시는지요?"

계륵치가 여인의 얼굴을 뚫어지게 바라보며 물었다.

"부용차련이라고 하시었소? 그대가 찾는 소녀 이름은 모르나 여자는 많이 있소."

"그러하오? 부용차련이라는 소녀는 부여에 있는 주막에서 일하다 잡혀왔소. 나이는 열여섯 정도 되었고, 백제가 망하기 전 그녀의 아비가 관직에 있었다 하였소. 그래도 모르시오?"

계륵치가 초조한 눈길로 여인을 바라보았다. 여인은 계륵치의 말을 듣고 고개를 갸웃거리며 생각해 보는 듯하더니 입을 열었다.

"주막에서 일했다 했소? 혹시 그 애가 아닌가?"

여인이 입속으로 혼잣말하듯 중얼거렸다.

"그 애라니요? 그 애라는 소녀가 어떻게 생겼소?"

계륵치가 자기도 모르게 소리를 높이며 여인의 손을 잡아 흔들었다.

"얼마 전 주막에서 잡혀온 소녀가 있었소. 나이는 한 열여섯 일곱 정도 되어 보였소. 옷차림은 허름하였지만 얼굴에서 풍기는 분위기가 예사 백성의 여식 같지 않아 보였습니다."

"맞았소! 바로 그 소녀요. 그 소녀가 바로 부용차련일 것이오."

계륵치의 얼굴이 비로소 환해지며 목소리가 커졌다.

"그 소녀가 지금 어디에 있소?"

계륵치가 다급하게 물었다.

"그 소녀는 당나라 장군의 시중을 들고 있소이다. 소녀가 하도 얌전하고 일을 잘해서 당군 장수도 그녀를 친딸처럼 여긴다 하였소."

여인이 부용차련에 대해 아는 바를 말했다. 잠시 후 말을 마친 여인이 흠칫 주위를 둘러보더니 다급하게 말했다.

"아이구, 시간을 많이 지체하였네. 나는 그만 가야 하오."

여인이 서둘러 자리를 총총히 벗어났다. 계륵치는 여인에게 고맙다는 말도 못했다. 부용차련이 무사히 살아 있다는 것을 확인한 계륵치는 비로소 안심이 되었다. 하지만 부용차련은 잡혀가 당군 장수의 시중을 들고 있다.

지금부터가 문제였다. 어떻게 해서든 부용차련을 구해 내야 했다. 계륵치는 머릿속으로 부용차련을 구할 궁리 를 하며 집으로 돌아왔다.

## 5. 우섭 부장에게서 전갈이 오다

계륵치가 집에 머물며 부용차련을 구할 생각에 골몰하고 있을 때 우섭 부장에게서 전갈이 왔다. 전갈을 받는 즉시 주류성으로 오라는 것이었다. 계륵치는 즉시 떠날 채비를 했다. 우섭 부장이 사람까지 보내 계륵치를 부른 것이라면 일이 급변하게 돌아간다는 뜻이었다. 부용차련을 구하지 못하고 떠나는 것이 마음에 걸렸지만 후일을 기약할 수밖에 없었다.

"어머니, 급한 일이 있어 가야 합니다. 사비도성에서 일을 볼 것이 있었으나 다음으로 미뤄야겠습니다. 다음에 뵈면 말씀드리겠습니다."

계륵치가 어머니에게 이르고 떠날 채비를 했다.

"그러하냐? 어디를 가거나 몸조심 하거라."

어머니가 더 이상 묻지 않고 계륵치에게 당부했다.

계륵치는 말을 달려 이틀 만에 주류성에 당도했다. 계륵치는 곧바로 우섭 부장을 찾아갔다. 우섭 부장은 망루에 올라 적진 쪽을 바라보고 있었다.

"부장님, 계륵치이옵니다. 그동안 편안하셨습니까?"

계륵치가 우섭 부장에게 군례를 하며 허리를 숙였다. 이제 계륵치는 누가 뭐래도 백제 수복군의 당당한 군사였다.

"왔느냐? 백제 수복군의 부장으로서 편안할 리가 있겠느냐?"

우섭 부장이 계륵치의 인사에 쓴웃음을 지으며 말했다.

"예…"

계륵치가 우섭 부장의 말에 더 이상 말을 잇지 못했다. 그랬다. 우섭 부장뿐만 아니라 백제 수복군 그 어느 누구도 편안할 수가 없었다. 언제 어느 때 신라군과 당군과 격전을 벌여 생과 사를 넘나들지 모르기 때문이었다. 다들 한 치 앞을 내다볼 수 없는 운명이었다.

"내 너를 급히 부른 것은 다름이 아니다. 이곳의 돌아가는 사정이 긴박하구나. 그래 네 힘이 필요하여 불렀다. 지금 유인궤의 당군이 합류하면서 나당 연합군의 군사력이 보강되었다. 이들은 여세를 몰아 우리 백제 수복군을 전면적으로 공격해 올 것이다. 그래 우리가 먼저 저들을 쳐서 예봉을 꺾어야 한다. 곧 며칠 내로 두량윤성의 신라군을 칠 것이다."

우섭 부장이 말을 하고 계릇치를 내려다보았다. 계릇치는 마른 침을 꿀꺽 삼켰다. 곧 계릇치에게 특명이 내릴 것이었다.

"내일 인시(새벽 3시)에 너와 나, 군사 셋이 은밀하게 두량윤성으로 잠입할 것이다. 우리의 임무는 수복군이 성을 공격하기 전에 성안에 잠입하여 불을 질러 신라군을 혼란에 빠뜨려야 한다. 그리한 후 불이 나서 혼란한 틈을 타 성문을 지키고 있는 신라군을 베고 성문을 열어 우리 백제 수복군의 성안 진입을 도와야 할 것이다. 아, 이럴 때 충길이 없어 너무 아쉽구나."

우섭 부장이 먼 하늘을 우러러보며 탄식을 했다. 그만큼 충길 군사는 우섭 부장에게 힘이 되고 의지가 되는

군사였다. 계륵치 역시 충길 군사의 듬직하고 말없이 온
화한 미소를 짓는 모습이 그리웠다.

"오늘은 먼 길을 달려왔을 테니 가서 쉬거라."

우섭 부장이 계륵치에게 말하고 자리를 떴다.

다음날 계륵치는 두량윤성으로 잠입하기 전 하늘을
보고 기도를 했다. 하늘엔 무심한 별들만이 떠 반짝였다.
달은 구름 사이로 가려져 있었다.

"아, 아버지. 저에게 힘을 주십시오. 우리 백제의 원수,
아버지의 원수, 계백 장군과 수없이 죽어간 군사들과 백
성들의 원수를 갚을 수 있도록 힘을 주십시오. 부디 우
리 백제 수복군이 신라와 당나라 놈들을 물리치고 백제
를 다시 수복하게 해 주십시오."

계륵치의 눈에서 눈물이 한 줄기 흘러나왔다. 흐르는
눈물을 팔뚝으로 쓱 닦고 계륵치는 훌쩍 말 위에 올랐다.
계륵치는 곧이어 우섭 부장이 묵고 있는 군막으로 들어
갔다. 군막 안에는 우섭 부장과 군사 넷이 완전 무장을
한 체 계륵치를 기다리고 있었다.

"어서 오너라."

우섭 부장이 군막 안으로 들어서는 계륵치를 보고 말

했다. 우섭 부장과 함께 있던 군사들이 계륵치를 돌아보았다. 군사들은 모두 젊었다. 한 군사는 계륵치가 아는 군사였다. 쇠청이라는 군사였다. 나머지 세 군사는 안면은 있었으나 특별한 교류는 없었다.

"자, 다들 잠깐만 앉게. 서로 아는 사람도 있겠으나 모르는 사람도 있을 걸세. 내가 소개를 하겠네. 지금 방금 온 저 청년이 계륵치라는 무사일세. 비록 나이는 어리지만 무예만큼은 웬만한 장수 뺨친다네. 저 애의 아비가 계백 장군의 부장인 계루신 부장일세."

우섭 부장이 계륵치를 소개했다. 부장의 입에서 계루신 부장의 이야기가 나오자 군사들의 눈이 둥그레졌다. 그만큼 계루신 부장의 용맹함과 무공은 백제에서도 유명했다.

성안에는 많은 군사가 있었다. 계륵치는 우섭 부장 휘하의 군사였으므로 우섭 부장의 휘하 군사는 다 알았다. 하지만 다른 군사들과는 동지로서의 만남만 있을 뿐 교류는 없었다. 또한 한가하게 교류를 하고 친교를 할 겨를이 없었다. 백제를 수복하려는 일념으로 목숨을 걸고 신라와 당군과 싸우는 동지 관계일 뿐이었다. 하지만 교류와 친교만 없다 뿐 서로에 대한 유대감은 깊었다.

우섭 부장은 이번 임무의 중요함을 인식하여 성안 군사 중에서 무예가 뛰어난 군사 몇 명을 선발했다. 30대 중반의 쇠청 군사는 장검의 명수였다. 그가 장검을 휘두르면 적의 머리 서넛은 그 자리에서 추풍낙엽이 되어 떨어졌다. 쇠청 군사와 같은 30대의 의결은 임기응변에 뛰어났고 모든 무기를 잘 다루었다. 특히 도끼는 20보 밖에서도 적의 머리를 맞춰 부술 정도였다. 20대 후반의 충애 군사는 창의 명수였다. 단창과 장창을 자유자재로 휘둘러 그의 창끝에 수많은 신라군과 당군이 꿰여 죽었다. 20대 중반의 척기 군사는 가장 젊었으나 용맹하기로는 두 사람 못지않았다. 그는 활을 잘 쏘았고 날래기가 비호같아서 맨손으로 적병 대여섯 명은 감쪽같이 처리했다.

"자, 시간이 되었으니 출발하자. 접전이 붙었을 경우는 최대한도로 신속하게 적을 베도록! 신속이 생명이다. 알았느냐!"

우섭 부장이 네 사람을 둘러보며 큰 소리로 강조하여 말했다.

"예! 명심하겠습니다!"

네 사람이 힘차게 대답했다.

"좋다! 말에 오르라. 출발!"

우섭 부장이 말 위에 훌쩍 오르며 출발을 외쳤다. 여섯 사람은 어둠 속으로 말을 달렸다. 낮에는 제법 더웠지만 말을 달리니 밤공기가 시원했다. 말을 달리기에는 아주 좋은 밤이었다. 여섯 사람은 말과 하나가 되어 말 위에 몸을 붙인 채 달렸다.

인시가 조금 못되어 두량윤성 인근에 도착했다. 백제 수복군은 이미 두량윤성 부근에 도착하여 잠복해 있을 것이었다. 그 안에 성안으로 잠입하여 불을 지르고 성문을 열어야 한다. 일행은 말을 산비탈에 매어 두었다. 이제부터 여섯 사람은 성벽을 넘어 성안으로 잠입해 들어가야 했다.

어두운 성루에 불을 밝히고 경비 군사들이 보초를 서고 있었다. 성벽에 오르기 좋은 곳을 찾아 의결 군사가 기회를 보다가 갈고리가 달린 밧줄을 던졌다.

"밧줄이 잘 걸렸습니다. 제가 먼저 오르지요. 성벽을 지키는 신라군을 처치하면 곧바로 따라 올라오십시오."

의결 군사가 밧줄을 당겨보며 우섭 부장에게 말했다.

"알았다. 조심하게."

우섭 부장이 주의를 주었다. 의결 군사가 밧줄을 잡고 성벽을 오르기 시작했다. 나머지 사람들은 성벽을 감시하며 다음 차례를 기다렸다. 계릉치는 혹시 모를 사태를 대비하여 활시위에 화살을 메기고 기다리고 있었다. 그 모습을 본 우섭 부장이 계릉치에게 말했다.

"허허, 네가 이제 무사가 다 되었구나."

"예..."

계릉치가 칭찬에 멋쩍어하며 수줍게 웃었다. 바로 그 때였다. 성곽 위에서 경비 군사 한 명이 이상한 낌새를 느꼈는지 성곽 아래를 내려다보고 있었다. 밤이었으나 구름을 벗어난 달빛으로 어렴풋이 윤곽을 알아볼 수 있었다. 잘못하면 경비 군사의 눈에 발각될 수 있었다.

계릉치는 순간 활을 들어 경비 군사를 겨누고 시위를 늘였다. 곧이어 피융하고 밤공기를 가르는 소리가 들렸다. 경비 군사가 화살을 맞고 성곽 아래로 떨어졌다. 이 모습을 본 우섭 부장과 쇠청, 충애, 척기 군사가 혀를 내두르며 계릉치의 궁술에 감탄을 했다.

"대단하구먼. 계륵치의 활 솜씨가. 그야말로 신궁이 따로 없네."

그때 성벽을 다 오른 의결 군사에게서 신호가 왔다. 지체할 시간이 없었다. 다섯 사람은 차례로 밧줄을 잡고 성벽을 올랐다. 성벽 위에 올라서보니 이미 의결 군사에 의해 경비병 두 명이 칼을 맞고 죽어 있었다.

"자, 밑으로 내려가자. 나와 의결과 충애가 성문을 지키는 군사들을 처치할 테니 계륵치와 쇠청, 척기는 성안에 불을 지르고 이쪽으로 곧바로 빠져나오너라. 그리하여 수복군과 합류하여 본성의 신라군을 친다."

우섭 부장이 명을 내렸다. 명을 받은 다섯 사람은 고개를 숙여 예를 하고 바로 행동에 들어갔다. 계륵치와 쇠청, 척기는 성안으로 은밀히 잠입했다. 저녁을 먹고 잠이 들 시각이라 성안은 경비병과 순찰병 말고는 조용했다.

"우선 양곡 창고와 무기고를 찾아 불을 지르자. 그 다음에 군사들이 머무는 군막에 불을 지르자고."

쇠청이 계륵치와 척기에게 눈을 찡긋하며 말했다. 긴장되고 급박한 상황임에도 여유롭게 말하는 쇠청이 계륵치는 믿음직해 보였다.

"알겠습니다. 저기 군사들이 빙 둘러 지키고 있는 걸 보니 양곡 창고 같습니다. 우선 불화살을 날려 창고에 불을 내고 신라군들이 허둥거릴 때 치지요."

계륵치가 쇠청에게 의견을 말했다.

"그러자. 그럼 준비해온 불화살을 날리자."

쇠청이 옆에 맨 보퉁이에서 솜뭉치와 기름통, 부싯돌을 꺼냈다. 계륵치와 척기는 화살에 기름을 묻힌 솜뭉치를 감아 매었다. 화살에서 떨어지지 않게 잘 매고 불을 붙였다.

"쏴라!"

쇠청이 외쳤다. 세 사람이 동시에 불화살을 날렸다. 불화살이 포물선을 그리며 양곡 창고의 지붕 위에 박혔다. 마른 지붕에 불이 확 붙었다. 불을 보자 경비병들이 혼비백산했다.

"불이다! 불이야, 불!"

"어서 불을 꺼라!"

조장인 듯한 군사가 소리를 질렀다. 그걸 본 계륵치가 활시위에 화살을 걸어 쏘았다. 소리를 지르던 군사가 화살을 맞고 나뒹굴었다.

"허어, 나도 활 좀 쏜다만, 너의 활 솜씨는 천하제일이
다."

쇠청이 혀를 내둘렀다. 계록치는 연이어 신라군을 향
해 화살을 날렸다. 쇠청과 척기도 화살을 날렸다. 신라
군이 어둠 속에서 날아오는 화살에 차례차례 쓰러졌다.

"백제군이 쳐들어왔다. 활을 쏘는 놈들은 수가 많지
않다. 그놈들을 찾아 죽여라."

신라군이 소리소리 질렀다. 이윽고 신라군이 화살이
날아오는 쪽을 알아채고 계록치와 쇠청, 척기가 있는 쪽
으로 달려왔다. 그중 몇 명의 신라군은 말을 타고 달려
왔다. 계록치와 쇠청, 척기 군사는 활을 거두고 칼을 빼
어 들었다.

"저놈들을 해치우고 어서 성문 쪽으로 가자."

쇠청이 앞서오는 신라군을 향해 칼을 휘두르며 말했다.

"알겠습니다."

계록치 역시 대답과 동시에 양다리에 숨겨 두었던 단
도를 꺼내 말을 타고 달려오는 신라군을 향해 힘차게 던
졌다. 눈 깜짝 할 사이였다. 달려오던 신라군 두 명이 단

도에 맞아 한 명은 목을 움켜쥐었고 한 명은 가슴을 부여 쥐고 나자빠졌다. 그 사이 전광석화처럼 계륵치와 쇠청, 척기 군사가 신라군 다섯을 해치웠다.

"잘 했다. 어서 성문으로 가자."

쇠청이 피가 뚝뚝 흐르는 칼을 거머쥐고 말했다. 그 사이 성문 쪽이 소란했다. 때를 놓치지 않고 성문으로 백제 수복군이 진입해 들어왔다. 신라군이 함성을 지르며 대거 성문 쪽으로 이동을 했다.

"와! 와! 공격하라!"

"우리의 원수 신라 놈들은 한 명도 남기지 말고 도륙하라."

백제 수복군이 성안으로 진입하며 신라군과 접전을 벌이고 있었다. 계륵치와 쇠청, 척기 군사는 신라군들이 보이면 그들을 향하여 연신 화살을 날렸다. 우섭 부장이 말 위에서 신라군들을 향해 칼을 휘두르며 달려왔다. 그 뒤에 의결과 충애 군사가 칼과 창을 휘두르며 뒤따랐다.

"계륵치, 저기 우섭 부장이 오신다. 우리도 합류하자."

쇠청 군사가 화살을 날리며 계륵치에게 말했다.

"알겠습니다. 우리가 먼저 성안에 있는 성주 놈을 사

로잡지요."

"그러자. 마침 저기 신라 놈이 말을 타고 달려오는군."

쇠청이 계륵치에게 말하고 시위에 화살을 매겼다. 계륵치가 보니 신라군 세 명이 말에 박차를 가하며 달려오고 있었다. 쇠청이 앞서오는 신라군을 향하여 화살을 날렸다. 세특지 역시 그 뒤를 따르는 군사를 향해 화살을 날렸다. 화살은 날아가 여지없이 신라군을 맞혀 말 위에서 바닥으로 곤두박질치게 했다. 나머지 한 군사가 기겁을 하여 말머리를 돌렸다. 기회를 놓칠 계륵치가 아니었다. 바로 화살을 날렸다. 피융하며 밤공기를 가르며 날아간 화살이 말머리를 돌린 군사의 등에 퍽하고 꽂혔다. 화살을 맞은 군사가 뒤로 벌러덩 나가떨어졌다.

"기가 막히군!"

쇠청과 척기 군사가 그걸 보고 혀를 내둘렀다.

"저 말을 타자."

쇠청이 말하고 신라군이 타고 온 말을 잡아탔다. 계륵치와 척기 군사 역시 말고삐를 낚아채어 잽싸게 말 위로 뛰어올랐다. 그때 우섭 부장이 말을 타고 달려오며 계륵치와 쇠청, 척기 군사에게 명했다.

"너희들도 나를 따르라."

우섭 부장은 성주를 제거하러 가는 중이었다. 성주를 제거해야만 신라군들의 저항을 멈추게 하여 항복을 받아낼 수 있었다. 백제 수복군은 성안 여기저기서 신라군들을 닥치는 대로 도륙하고 있었다.

"네놈들은 누구냐?"

말을 타고 들이닥치는 우섭 부장 일행에게 성주가 소리쳐 물었다. 그의 손에는 장검이 들려 있었다. 성주를 호위하는 군사들이 성주 주위를 에워싸고 일전을 준비하고 있었다.

"우리는 백제 수복군이다. 네놈의 목을 베어 백제의 원수를 갚으려 한다."

우섭 부장이 성주에게 싸늘한 웃음을 날리며 응답했다.

"가소로운 놈들. 너희 백제는 이미 멸망하였다. 너희들이 그런다고 망한 백제가 다시 수복될 것 같으냐? 어림도 없다."

성주가 가소롭다는 듯 눈을 가늘게 뜨며 우섭 부장과 일행들을 둘러보았다.

"그래 네놈 말마따나 백제는 망했다. 하지만 백제 군

사와 백제 백성은 다 죽지 않고 아직까지 살아있다. 단 한 명의 목숨이 붙어 있는 한 우리 백제는 결코 망한 것이 아니다."

우섭 부장이 신라 성주에게 호통치듯 말했다.

"하하하핫! 네놈의 의기는 훌륭하구나. 하지만 너희 놈들이 암만 그래도 오래 버티지는 못할 것이다."

"네놈하고는 말이 통하지 않는구나. 처라!"

우섭 부장이 명령했다. 그러자 의결 군사가 장검을 휘둘러 앞에 있던 신라군 두 명의 목을 떨어뜨렸다. 그와 동시에 계륵치와 쇠청, 척기 군사가 칼을 휘둘렀다. 계륵치는 아버지 계루신 부장의 칼을 쥐고 신라군과 대적했다. 일대 접전이 벌어졌다. 그러나 승부는 이미 결정이 난 것이나 마찬가지였다.

그 와중에 우섭 부장과 성주가 접전을 벌였다. 신라 성주 역시 만만한 상대가 아니었다. 그 역시 전장에서 잔뼈가 굵은 장수였다. 하지만 우섭 부장의 상대는 되지 못했다. 십여 합을 겨루었다. 접전은 오래가지 않았다. 우섭 부장의 칼이 성주의 허리를 갈랐다. 성주가 눈을 부릅뜨고 쓰러졌다.

"와! 이겼다!"

쇠청 군사가 소리를 질렀다.


두량윤성에서 신라군을 격파함으로서 백제 수복군의 사기는 높이 올랐다. 하지만 마냥 승리에 도취되어 있을 수는 없었다. 승전이 있으면 패전도 있는 법이었다. 한 번의 승전이 영원한 승전이 될 수가 없었다. 신라군과 당군은 여전히 건재했고 백제 수복군은 모든 면에서 열세였다. 신라군이나 당군의 입장에서 보면 최후의 발악을 하는 꼴이었다.

백제 수복군은 죽기 아니면 살기였다. 선택의 여지가 없었다. 그러니 죽기 살기로 신라군과 당군에게 대적했다. 악에 바쳐 대항하는 상대를 무찌르기는 쉽지 않았다.

계륵치는 부용차련이 염려되었다. 우섭 부장의 명에 의해 부용차련을 구출해내지도 못하고 급하게 주류성으로 돌아왔기 때문이다. 성에 돌아와서도 부용차련에 대한 생각으로 마음이 편치 않았다.

백제 수복군은 신라군이나 당군과의 전투에서 승전을 하고 나면 복수전을 대비해야 했다. 참패를 당하면 그걸 되갚으려는 것이 사람의 심리였다. 머지않아 신라군과 당군의 대대적인 공격이 있을 것이다. 백제 수복군이 사생결단의 자세로 신라군과 당군을 상대하였지만 그들에 비해 군사력 면에서 열세인 것만은 분명했다.

신라군과 당군은 대군을 보유하고 있었다. 무기와 물자도 풍부했다. 용장도 많았다. 신라의 왕 김춘추는 문무를 갖추었고 외교술도 능란했다. 중국의 당나라를 끌어들여 백제와 고구려를 멸망시켰다. 그와 더불어 김유신 장군을 비롯하여 용장들은 신라에 대한 충성심과 무예가 특출했다. 당군 역시도 마찬가지였다. 유인원과 유인궤를 비롯하여 오랫동안 전장을 누빈 장수들과 군사들이 수도 없이 많았다. 백제 수복군과 비교가 되지 않았다. 백제 수복군 역시 이를 모르지 않았다. 수복군은 오로지 백제 수복을 위해 목숨을 바치겠다는 각오만이 남달랐다.

계륵치의 무공이 백제 수복군의 수장인 부여복신에게도 알려졌다. 우섭 부장이 계륵치를 불렀다. 군막 안이었다. 군막 안에는 의결과 충애, 쇠청, 척기 군사가 같이 있었다.

"부르셨습니까?"

계륵치가 군막 안으로 들어섰다.

"어서 오너라."

우섭 부장이 얼굴 가득 웃음을 지으며 계륵치를 맞이했다. 근래 보기 드문 모습이었다. 웃어 본 지가 하도 오래되어 웃는 모습을 보자 어색하고 서먹할 정도였다. 옆에 있던 네 군사 역시 계륵치를 환한 얼굴로 맞이했다. 모처럼 여유로운 모습이었다. 항상 긴장 상태에 있어 얼굴에 웃음을 지을 여유가 없었다. 따라서 모처럼 웃는 웃음이 남달랐다.

"너를 부른 것은 다름이 아니다. 이번 두량윤성 싸움에서 너의 전공이 뛰어났기에 복신 장군께서 여기 네 사람과 함께 상을 내리신다 한다."

우섭 부장이 앞서 온 네 사람을 둘러보며 계륵치에게 말했다.

"상이라니요? 당연히 해야 할 일을 했을 뿐인데요."

계륵치가 상이라는 말에 당황을 했다.

"그건 우리도 마찬가지야."

의결 군사가 계륵치의 마음을 알아채고 말했다.

"전장에서의 상과 벌은 항상 있어 왔다. 계륵치 너를 비롯하여 여기 네 군사도 이번 싸움에서 상을 받을 공을 세웠다. 이를 치하하는 것이니 사양치 말거라."

우섭 부장이 딱 부러지게 말했다. 더 이상 사양치 말라는 의지가 담긴 말이었다. 다섯 사람은 우섭 부장을 따라 부여복신이 있는 내성으로 들어갔다.

"장군, 두량윤성의 승전에 공을 세운 군사들입니다."

우섭 부장이 부여복신에게 허리를 굽히며 고했다. 부여복신은 젊은 장수였다. 풍채가 좋았고 눈이 날카로웠다. 왕족의 풍모가 풍기는 인상이었다. 하지만 배가 나오고 약간은 거만한 기가 풍겼다.

"그런가?"

부여복신 장군이 허리를 숙이고 있는 다섯 군사를 훑어보았다.

"아니, 저 자는 나이가 어려 보이는데... 머리를 들라."

부여복신이 계륵치에게 눈길을 주며 명령했다. 계륵치는 부여복신를 향해 머리를 들었다.

"네 나이가 몇이냐?"

부여복신이 눈을 가늘게 뜨며 물었다.

"예, 열여덟입니다."

"열여덟이라? 이름이 무엇이냐?"

"계륵치라 하옵니다."

"계륵치라… 계륵치라 하면…"

부여복신이 수염을 쓰다듬으며 가는 눈을 더욱 가늘게 뜨며 생각에 잠기는 듯했다. 잠시 그러다가 계륵치에게 다시 물었다.

"네 아비는 뭐하는 자냐? 혹 계백 장군과 연관이 있느냐?"

백제의 성씨 중에 계씨는 흔한 성이 아니었다. 평범한 백성의 성이 아니라 귀족 성에 속했다. 부여 씨가 왕족의 성이듯 계씨 역시 백제에서는 귀족 성에 속했던 것이다.

"아버지 존함은 계루신 부장이십니다. 계백 장군님과 황산벌에서 신라군과 마지막 전투를 치르시고 돌아가셨습니다."

계륵치가 부여복신을 똑바로 바라보며 말했다.

"어허, 그러하냐? 계루신 부장 이름은 나도 들어본 적이 있다. 우리 백제 최고의 무장이라는 소문이 파다하던

데, 너 역시 아비의 무예를 이어받았느냐?"

부여복신이 계륵치에게 묻고는 우섭 부장을 돌아보았다. 우섭 부장이 그에 대한 답을 하라는 뜻이었다. 이에 우섭 부장이 부여복신에게 말했다.

"그러하옵니다. 계루신 부장은 우리 백제 최고의 무장이었습니다. 계백 장군님의 5천 결사대와 함께 황산벌에서 신라군 5만과의 결전에서 장렬하게 최후를 맞이했습니다. 계륵치는 계루신 부장의 피를 이어받아 장수 못지않은 뛰어난 무예를 지녔습니다."

우섭 부장의 말에 부여복신이 만면에 웃음을 지었다. 그러나 그 웃음 뒤에는 약간의 비웃음이 섞여 있었다. 그걸 우섭 부장은 느꼈다.

"아, 저 자는 덕장이 아니로구나... 저 오만함이 백제의 마지막 불꽃을 사르지 못하게 할 것이다. 안타깝구나..."

우섭 부장이 속으로 탄식을 했다.

"좋다. 너희들에게 상으로 백미 20섬씩을 하사한다. 또한 너희 네 사람은 조장으로 임명한다. 다만 조건이 있다. 이 자리에서 계륵치의 무술을 시험해 보아 그 시험에 들어야만 상을 내린다. 알겠느냐?"

부여복신이 얼굴 가득 웃음을 지었으나 말은 단호했다. 부여복신의 말에 우섭 부장을 비롯하여 일행들의 얼굴이 굳어졌다. 상을 내렸으면 깨끗이 상을 내릴 것이지 시험을 하여 합격을 해야만 상을 내린다는 조건이 붙었기 때문이다. 한마디로 기분이 더러웠다.

부여복신이 내린 시험은 활쏘기와 단도 던지기 그리고 검술이었다. 무장으로서 갖춰야 할 가장 중요한 무술이었다. 결정은 내려졌다. 피할 수 없었다. 우섭 부장과 의결, 충애, 쇠청 척기 군사가 계륵치를 돌아보았다. 계륵치를 돌아보는 그들의 표정은 밝지 않았다.

"좋습니다. 제가 비록 무예가 부족하지만 하명하신 대로 제 솜씨를 보이겠습니다."

계륵치가 기죽지 않고 부여복신에게 당당하게 말했다.

"하하하하! 좋다! 네 너의 무예 솜씨를 눈여겨볼 것이다. 멋진 무예를 보여 다오."

부여복신이 계륵치의 대답이 만족스럽다는 듯 입을 크게 벌리며 호탕하게 웃었다.

즉시 성안 넓은 공터에 과녁과 기둥 위에 표적이 만들

어졌다. 소식을 듣고 장수들과 군사들이 모여들었다. 부여복신이 자리를 잡고 앉았다. 그 주위로 장군과 부장들이 주욱 둘러섰다. 군사들 역시 무예장을 중심으로 빙둘러 서서 보기 드문 구경에 목을 빼었다.

"100보 밖에서 화살 열 대를 쏜다. 그중 여덟 대를 맞추면 합격이다. 단도 던지기는 다섯 개를 던져 네 개를 맞추면 합격이다. 검술은 자세를 보되 공격과 방어가 적절한지를 볼 것이다. 알았느냐?"

부여복신이 좌정한 채 계륵치에게 말했다.

"예, 알겠습니다."

계륵치가 허리를 숙여 대답했다. 계륵치는 마음속으로 다짐을 했다. 기필코 무술 시험에 합격하여 부여복신의 코를 납작하게 만들어 주리라. 그리하여 우섭 부장을 비롯하여 네 군사의 명예를 지키리라 굳게 다짐을 했다.

드디어 계륵치가 활을 쥐고 사대에 섰다. 100보 밖에 과녁이 준비되어 있었다. 많은 군사들이 수군거렸다.

"아니, 저 젊은이가 과연 100보 밖의 과녁을 몇 개나 맞출 수 있을까?"

"저 애가 계루신 부장의 아들이란 게여."

"그런가? 계루신 부장이라면 황산벌에서 계백 장군님과 신라 5만 군사와 맞서 싸우다 장렬하게 숨진 무장 아닌가?"

"그렇다네."

"과연 계루신 부장의 아들이로구만 그려."

"부전자전일세. 이번 두량윤성 공격에서 공을 세웠다는 무사가 저 젊은이라면서?"

"그렇다네. 나이는 어리지만 무예만은 장수 못지않다는구먼."

"그려. 어린애가 다부져 보이는군. 참 땀을 쥐게 생겼네. 조용히 지켜보세나."

군사들이 계륵치를 보고 쑤군거렸다.

계륵치는 하늘을 올려다보았다. 맑은 하늘이었다. 아버지 계루신 부장이 저 하늘에서 지켜볼 것이었다. 계륵치는 눈길을 거두고 과녁을 노려보았다. 천천히 활시위에 화살을 매겼다. 잠시 호흡을 가다듬었다. 팽팽하게 활시위를 늘였다. 주위가 쥐 죽은 듯 잠잠했다. 모든 군사들이 숨을 죽였다. 그 순간 화살이 빠르게 날았다. 곧이어 화살이 과녁에 꽂히는 소리가 들려왔다.

"명중이오!"

과녁 옆에 서서 명중을 확인한 군사가 붉은 기를 흔들며 명중을 외쳤다. 그와 동시에 군사들 입에서 환호성이 터졌다.

"와! 명중이다. 명중!"

"내 단 하나. 대단해."

군사들이 두런대었다. 계륵치가 쏜 화살은 빠르게 날아가 과녁 정중앙에 정확하게 적중했던 것이다. 다시금 계륵치가 시위에 화살을 걸었다. 두런대던 군사들이 입을 닫았다. 팽팽한 기운이 공터에 넘쳐났다.

계륵치는 일체의 동요도 없이 연거푸 나머지 아홉 대의 화살을 연달아 쏘았다. 그야말로 속사였다. 아홉 대의 화살은 그대로 단 한 개의 비껴남도 없이 과녁의 정중앙에 꽂혔다.

부여복신이 자기 눈앞에서 계륵치가 화살을 쏘는 것을 보고도 믿기지 않는다는 듯 입을 벌리며 놀라워했다. 군사들도 계륵치가 쏜 화살이 과녁에 꽂힐 때마다 벌린 입을 다물지 못했다. 백제군 중에서도 계륵치 같은 명궁은 흔치 않았다.

"신궁이다. 신궁! 고구려의 주몽이 신궁이라 하였는데 그보다 못지않다."

"대단하다. 대단해."

군사들이 이구동성으로 말했다. 다음은 단도 던지기였다. 짧고 날카로운 단도 다섯 개가 계륵치에게 주어졌다. 계륵치는 단도 두 개를 양손에 쥐었다. 잠시 호흡을 가다듬더니 한순간 계륵치가 몸을 회전하며 단도 두 개를 동시에 날렸다. 단도는 빠르게 날아가 기둥 위에 달아놓은 박 두 개를 박살내고 기둥에 깊이 박히었다. 구경하던 군사들이 놀랄 틈도 없이 계륵치는 나머지 단도 세 개를 연이어 몸을 회전하며 흩뿌렸다. 그 시간이 눈 깜빡 할 새였다. 역시 단도 세 개도 목표물에 정확하게 가서 꽂혔다.

"허어, 기가 막히는구나. 기가 막혀!"

부여복신이 신음하듯 말했다. 주위에 있던 장군과 부장들도 계륵치의 귀신같은 솜씨에 놀라서 눈을 둥그렇게 뜨고 벌린 입을 다물지 못했다. 마지막으로 검술 솜씨였다. 계륵치는 침착하게 아버지 계루신 부장이 쓰던 장검을 빼어 들었다. 시퍼런 섬광이 햇빛에 반짝였다.

눈이 부셨다.

계륵치가 오른발을 내딛으며 칼을 비스듬히 치켜드
는 척하다 바람같이 갈랐다. 그 바람에 흙이 튀고 돌이
튀었다. 몸을 날려 빙굴 돌며 칼을 전후좌우로 휘둘렀다.
몸과 칼이 하나가 되어 공격과 방어가 구분이 안 되었다.
그만큼 칼의 휘두름이 일사불란했다. 군사들은 침을 삼
키며 계륵치의 몸놀림과 칼 휘두름을 지켜보았다. 부여
복신 역시 넋을 놓고 계륵치의 한 동작 한 동작을 지켜
보았다. 한참 만에 계륵치가 칼집에 칼을 꽂고 무릎을
꿇고 부여복신 앞에 부복했다. 군사들의 함성이 귀를 뚫
었다.

"와! 계륵치! 계륵치 최고다!"

"백제의 혼이 살아있다. 백제 만세!"

부여복신이 의자에서 서서히 일어났다. 그는 주위를
둘러보며 오른손을 들어 올렸다.

"내 오늘 대단한 광경을 보았다. 젊은 무사의 무예가
이렇게 출중한 줄 꿈에도 몰랐도다. 이런 무사가 있다는
것만으로 우리 백제 수복의 꿈은 한 걸음 가까웠다. 군
사들이여, 분발하라!"

부여복신이 오른손을 번쩍 치켜들고 군사들에게 소리쳤다.

"와! 백제 만세! 백제 수복군 만세! 복신 장군 만세! 계릌치 만세!"

군사들의 만세 소리가 성안 가득 울려 퍼졌다. 계륵치는 슬그머니 자리를 떴다. 그 뒤를 우섭 부장이 따라왔다. 우섭 부장이 따르니 의결과 충애, 쇠청, 척기 군사도 뒤를 따랐다. 계륵치는 그날 이후로 수복군 사이에 유명 인사가 되었다. 어디를 가나 계륵치를 알아보았다. 하지만 정작 계륵치는 그런 게 하나도 기쁘지 않았다. 부담스럽기만 했다.

## 6. 웅진성을 공격하다

두량윤성에서 신라군을 격파한 백제 수복군은 여세를 몰아 웅진성에 주둔하고 있는 당군을 공격하기로 했다. 웅진성은 성의 규모도 작았고 주둔하고 있는 당군 병력도 많지 않았다. 하지만 성의 규모가 작다고 해서 성을 빼앗기는 쉽지 않았다. 당군은 정예군사에다 배후에는 지원해 줄 군사력도 많았다. 신라군도 주위의 여러 성에 주둔하고 있었다. 이들은 어느 때나 지원을 할 수가 있었다.

백제 수복군은 한 번의 패배라도 치명적 손실이 되었다. 군사들을 충원하기도 쉽지 않았고 지원세력도 없었다. 따라서 접전을 벌이면 반드시 이겨야 했다. 웅진성을 공략하기 전 작전회의가 열렸다. 우섭 부장이 작전회의를 주재했다.

"내일 오시(오전 11시경)에 웅진성을 공격한다. 웅진성은 성은 적으나 성벽이 튼튼하다. 저들이 성문을 걸어닫고 방어만 한다면 성을 취하기가 쉽지 않다. 속전속결로 성을 공격하여 취해야 한다. 계륵치에게 임무를 부여한다. 너는 신라인으로 변복을 하고 성안으로 잠입한다. 성안으로 잠입하여 성주 놈을 제거해라. 그러면 당군은 당황할 테고 그 틈을 노려 우리가 공격해 들어갈 것이다."

우섭 부장이 계륵치에게 임무를 지시했다.

"의결과 척기는 성 중앙으로 공격해 들어가고 충애와 쇠청은 군사들을 이끌고 성 우측과 좌측의 허술한 곳을 찾아내어 공격해 들어간다."

우섭 부장이 네 군사에게도 지시를 내렸다. 네 군사는 고개를 숙여 명을 시행하겠다는 뜻을 표했다.

이튿날이었다. 계륵치는 말을 타고 성문으로 다가갔다. 당군이 성문 앞에서 성문을 출입하는 사람들을 검문하고 있었다. 성문을 출입하는 자들은 군사들이 대부분이었다. 일반 백성들은 거의가 신라인이었다.

"서라! 어디서 왔느냐?"

당군이 말을 타고 오는 계륵치를 향해 창을 겨누며 큰 소리로 물었다.

"이놈아, 나는 신라인이다. 어디서 큰 소리냐?"

계륵치가 주눅 들지 않고 말 위에서 당군의 말을 맞받아쳤다.

"신라인이라고? 신라인이라도 아무나 허락 없이는 성 안으로 들어갈 수 없다. 신라인이라는 표식을 보여라."

당군이 창을 찌를 듯이 치켜들며 눈을 부라렸다. 호락호락한 놈이 아니었다.

"야, 이놈아. 내가 누군 줄 아느냐? 나는 신라 아찬 관직에 있는 사부달의 아들 사부길이다. 그러니 어서 길을 비켜라."

계륵치가 눈을 부라리며 호통을 쳤다. 그러자 당군이 주춤거렸다. 그때 옆에 있던 동료 군사가 다가오며 물었다.

"뭔데 이 소란이냐? 이 자는 누구냐?"

다가온 당군이 계릉치를 힐끗 올려다보며 동료 당군
에게 물었다.

"신라 아찬 벼슬의 자제라고 성안으로 들여보내 달라
고 하는군."

계릉치를 못마땅한 표정으로 쏘아보며 당군이 말했다.

"그래? 신라 아찬 벼슬의 자제라도 표식이 없으면 들
어갈 수 없소. 지금 백제 수복군의 움직임이 심상치 않
은 터라 아무나 성안으로 들여보낼 수 없단 말이오."

당군이 계릉치를 올려다보며 말했다. 계릉치는 난감
했다. 그렇다고 여기서 도망칠 수도 없는 일이었다. 더군
다나 당황을 하거나 미적거리면 의심을 살 수도 있었다.

그때 퍼뜩 떠오르는 것이 있었다. 계릉치의 품 안에
옥가락지가 있는 것이 생각났다. 일전에 두량윤성에서
신라군을 격파했을 때 우섭 부장이 신라군에게서 획득
한 옥가락지였다. 우섭 부장은 옥가락지를 계릉치에게
주며 어머니에게 드리라고 했다. 그걸 계릉치는 지니고
있었다.

"이것 보시오. 이게 뭔지 아시오?"

계릉치가 옥가락지를 꺼내 당군에게 보이며 물었다.

"아니, 그건 옥가락지 아니요?"

당군이 계륵치가 내민 뜻밖의 옥가락지를 보며 말했다. 옥은 당나라 사람들이 좋아하는 귀물이었다. 일반 평범한 백성들은 지닌 수 없는 물건이었다.

"맞소. 이건 우리 어머니의 옥가락지요. 그래도 내가 신라 아찬 벼슬의 자제가 아니란 말이오?"

계륵치가 여유 있는 미소를 지으며 당군에게 은근하게 말했다.

"그… 그렇긴 합니다. 몰라 뵈어 죄송하오. 자, 어서 들어가시오."

당군이 옥가락지를 보더니 마음이 바뀌어 길을 비켜 주었다. 간신히 위기를 모면하고 계륵치는 성안으로 들어가는 데 성공을 했다. 성안에는 당군들이 여기저기에서 모여 잡담을 하거나 마작을 하고 있었다. 여유로운 풍경이었다. 당군들은 백제 수복군이 쳐들어올 것이라 말을 하면서도 느긋했다. 그만큼 당군은 여유만만 했다. 그럴 수밖에 없는 것이 그들에게는 많은 수의 당군과 신라군이 버티고 있었다. 다시 말해 뒷배가 든든했다.

"이놈들, 여유만만하구나. 하지만 두고 보자. 우리 백제 수복군의 목숨이 붙어 있는 한 네놈들을 용서치 않을 테니."

계륵치가 이를 갈며 당군들을 노려보고 다짐했다.

성주가 있는 곳을 찾아야 했다. 물론 성주는 내성에 있을 것이다. 계륵치는 말을 내려 매어 놓고 칼과 활을 숨겨 태연하게 성안을 걸었다. 이윽고 성주가 머물고 있는 내성으로 접근했다. 내성 주변으로 경비 군사들이 겹겹이 진을 치고 있었다. 성주가 있는 처소로 접근하기가 쉽지 않아 보였다. 그렇다면 성주가 처소에서 바깥으로 나올 때를 기다려야 했다. 이미 백제 수복군은 성 턱밑에까지 진격하여 왔을 것이다. 계륵치의 신호를 목이 빠지게 기다릴 것이었다.

계륵치는 내성이 빤히 내려다보이는 나무 위로 올라갔다. 나무 위에서 기다리고 있다가 성주가 나타나면 화살을 날릴 작정이었다. 그런 다음 즉시 효시(신호용 화살)를 날려 신호를 해야 했다. 시간상으로 봤을 때 백제 수복군은 이미 당도하여 은신하고 있을 것이다. 계륵치는 나무 위에 숨어 성주가 나타나기를 기다렸다.

잠시 후 예상했던 대로 당군 장수가 나타났다. 화려

한 갑옷을 입고 장검을 착용했다. 군사 한 명이 그 앞에 무릎을 꿇고 무엇인가 보고를 했다. 백제 수복군의 공격이 있을 것이라는 보고일 터였다. 당군에게도 첩자가 있었고 척후가 있을 것이다.

계륵치는 활시위에 화살을 매겼다. 거리는 백보는 넘어보였다. 꽤나 먼 거리었다. 실수는 있을 수 없었다. 크게 심호흡을 하고 시위를 당겼다. 잠시 호흡을 고르던 계륵치가 팽팽해진 시위 줄을 놓았다. 화살이 피융하는 바람 소리를 내며 빠르게 날아갔다.

곧이어 당군 장군이 비명을 지르며 얼굴을 부여잡았다. 명중이었다. 계륵치는 곧바로 효시를 성 밖으로 날렸다. 효시의 파열음이 길게 이어졌다. 당군이 우왕좌왕했다. 곧이어 외성 쪽에서 함성 소리가 들려왔다. 백제 수복군의 공격이 시작된 것이다.

계륵치는 나무 아래에 매여져 있는 말을 집어타고 성문 쪽으로 쏜살같이 달렸다. 말을 타고 가며 눈에 띄는 당군을 향해 칼을 휘둘렀다. 당군이 계륵치의 휘두르는 칼에 무 베어지듯이 베어졌다.

"저놈을 잡아라!"

당군이 말을 타고 달리는 계륵치를 향해 소리를 질렀다. 일제히 화살을 쏘았다. 화살이 바람 소리를 내며 스쳐 지나갔다. 계륵치는 말 등에 몸을 착 붙이고 전력으로 질주를 했다. 백제 수복군이 성안으로 진입하여 접전을 벌이고 있었다. 성안 이곳저곳에 불이 나 연기가 자욱했다. 비명 소리와 고함 소리가 뒤섞여 누가 백제 수복군이고 당군인지 구분이 안 될 정도였다. 우섭 부장이 의결 조장과 함께 30여 명의 기마군을 이끌고 성 중앙으로 치고 들어왔다. 막아서는 당군은 가차 없이 칼에 베여 나자빠졌다.

잠시 후 우측에서 충애 조장이 창을 휘두르며 당군과 대적하고 있었다. 벌써 당군의 시체가 여기저기 사방에 나뒹굴고 있었다. 계륵치는 당군을 향해 화살을 연달아 날렸다. 쏘는 족족 화살은 당군을 꿰뚫었다. 여기저기서 비명이 들리고 불길이 치솟았다. 백제 수복군은 당군의 씨를 말리려는 듯 칼을 휘두르고 화살을 날리고 창으로 찔렀다.

"계륵치, 우리가 승기를 잡았어. 네 공이 크다."

어느새 왔는지 쇠청 조장이 계륵치를 향해 씨익 멋쩍

은 웃음을 날렸다.

"쇠청 조장님도 수고 많으셨습니다."

계륵치가 쇠청을 향해 웃음을 지으며 말했다.

"별말을 다하는군."

쇠청이 웃으며 장난스럽게 말했다.

대승이었다. 성을 빼앗고 당군 일천여 명을 몰살시켰
다. 백제 수복군의 피해는 적었다.


부용차련이 걱정되었다. 사비도성의 당군 장군의 시
녀로 있는 것은 알았으나 부용차련의 앞길이 어떻게 될
지는 예측할 수가 없었다. 하루속히 당군의 수중에서 구
해내야 했다. 사비도성과 가까운 반조원(현 부여군 세도
면)에 계시는 어머니의 안부도 궁금했다.

하루 앞을 예측하지 못할 정도로 백제인의 삶은 위태
로웠다. 언제 어느 때 신라군이나 당군에게 목숨을 빼앗
길지 몰랐다. 사는 게 사는 것이 아니었다. 바람 앞의 촛
불 같은 목숨이었다. 그건 백제 수복군도 마찬가지였고
계륵치 역시도 마찬가지였다. 언제 어느 때 죽을지 몰랐
다. 죽는 날까지 목숨을 다하여 백제 수복을 위하여 싸

울 뿐이었다.

백제 수복군의 분위기가 암울했다. 부여복신과 승려 도침 사이에 서로에 대한 불신과 적의가 널리 퍼져 있었다. 서로에 대한 반목과 적대가 언제 어느 때 터질지 몰랐다. 따라서 둘 사이에 무슨 일이 벌어질지 몰랐다. 백제 수복군으로서는 큰 불행이 아닐 수가 없었다. 서로 힘을 합하고 뜻을 모아도 어려운 시기에 분란은 자멸을 불러올 수 있었다.

계릉치는 부용차련의 구출을 계획했다. 이 일은 개인적인 일이므로 혼자 힘으로 해야 했다. 백제 수복군 중 어느 누구의 힘을 빌릴 수가 없었다. 단독으로 계릉치가 부용차련을 구한다 해도 상관인 우섭 부장의 승낙이 있어야 했다. 계릉치는 며칠을 고민하고 망설이다가 마침내 우섭 부장에게 속내를 털어놓았다.

"부장님, 며칠 말미를 주십시오. 사비도성을 다녀와야 하겠습니다."

"사비도성을? 어머니가 보고 싶은 게냐?"

"아니옵니다. 실은 …"

계릉치가 말을 얼버무렸다.

"말하거라. 무슨 일로 사비도성을 가려는지."

우섭 부장이 계륵치를 바라보며 물었다.

"예, 사실은 부용차련이라는 소녀 때문에…"

계륵치가 낯을 붉히며 말했다.

"허허허, 부용차련이라는 소녀 때문이라? 그 소녀가 누구인데 네가 위험을 무릅쓰고 사비도성을 가려는 것이냐?"

"예, 그 소녀는…"

계륵치가 부용차련을 만나게 된 일과 그동안에 있었던 이야기를 주욱 했다. 계륵치의 말에 우섭 부장이 고개를 끄덕였다. 우섭 부장은 계륵치가 사비도성을 다녀오겠다고 했을 때 어머니를 보고 오겠다는 말인 줄 알았다. 계륵치가 무사이긴 하나 아직 어리므로 어머니가 그립고 보고 싶을 거라고 생각했다.

"소녀를 구하겠다고 적군의 성안으로 들어가겠다는 말이냐? 너 혼자의 힘으로는 위험하다. 쇠청을 붙여 주마."

우섭 부장이 가는 걸 승낙하며 쇠청을 붙여 주겠다고 했다. 하지만 계륵치는 사사로운 일에 어느 누구의 도움도 받고 싶지 않았다. 계륵치 개인 일이기도 하거니와, 수복군에게 예측 불허의 일들이 언제 어느 때 생길지 모르기 때문이다. 따라서 단 한 명의 군사의 힘도 허투루 사용할 수가 없었다. 더군다나 사사로운 개인 일에는 더욱 그랬다.

"아닙니다. 저 혼자 일을 처리하겠습니다."

계륵치가 도움을 거절했다. 우섭 부장은 계륵치가 신세를 지지 않으려는 것을 알고 고개를 끄덕이며,

"좋다. 다녀오너라. 이번 웅진성을 빼앗는 데 공을 세웠으므로 공에 대한 상으로 알거라. 닷새의 말미를 주겠으니 그 안에 다녀오너라."

시원하게 허락을 했다.

"고맙습니다. 다녀와서 뵙겠습니다."

계륵치가 허리를 숙여 고마움을 표했다. 우섭 부장 곁에 서 있던 의결과 충애, 쇠청, 척기 군사가 부러운 눈으로 계륵치를 바라보았다. 이들 네 군사는 부모 형제들이 전부 당군에 의해 죽임을 당했다. 보고 싶고 가고 싶어도 찾아갈 가족들이 없었다. 계륵치는 어머니가 생존해 계시다는 것만으로 이들 군사들에게 부러움의 대상

이었다.

계륵치는 즉시 떠날 채비를 하고 길을 나섰다. 성 밖을 나설 때였다.

"계륵치, 나 좀 보자."

쇠청 조장이 다급하게 달려오며 계륵치를 불렀다.

"쇠청 조장님, 어쩐 일이십니까?"

계륵치가 의아한 표정으로 쇠청 조장을 바라보았다.

"이거. 이것, 어머니를 뵈면 드리게."

쇠청 조장이 품에서 뭔가를 꺼냈다.

"그게 뭡니까?"

"응. 비녀야. 어머니께 드려라."

쇠청 조장이 꺼낸 건 비녀였다. 은으로 만든 귀한 비녀였다.

"아니, 그걸 어디서 났습니까?"

계륵치가 놀라며 물었다. 은비녀는 흔히 볼 수 없는 물건이기도 하였지만, 쇠청 조장이 그걸 어머니에게 드리라는 이유를 알 수 없었다.

"하하하, 웅진성에서 구한 거야. 나에게는 필요가 없으나 계륵치 너는 어머니가 계시니 필요하잖나. 내 어머

128

니 드린다는 마음으로 주는 것이니 어머니에게 드리게."

쇠청 조장이 멋쩍게 웃으며 말했다. 계륵치는 쇠청 조장의 마음에 가슴이 뭉클했다. 얼마나 어머니에 대한 그리움이 사무쳤으면 은비녀를 지녔다가 비록 자기 어머니는 아니지만, 계륵치의 어머니에게 드리라고 선뜻 내주겠는가.

"고맙습니다. 이리 귀한 것을 주시다니. 어머니께서 무척 기뻐하실 겁니다."

"그래. 그리 생각하니 나도 좋구먼. 잘 다녀오너라."

쇠청 조장이 얼굴 가득 웃음을 지으며 손을 흔들었다.

계륵치는 고개를 숙여 예를 하고 말에 박차를 가했다. 들판을 지나자 농부들이 논김을 매고 있었다. 전쟁이든 평화시대든 농부들은 때가 되면 농사를 지어야 했다.

겉으로 보기엔 평화롭고 한가하기 짝이 없었다. 찔레꽃이 지고 이팝꽃이 하얗게 피었다 졌다. 백성들이 그렇게 배불리 먹고 싶어 하는 쌀밥 같은 이팝꽃이 흐드러지게 피었다 어느 틈에 다 지고 말았다. 얼마나 배가 고프고 먹고 싶고 소원했으면 하얗게 피는 이팝꽃을 쌀밥 같다고 하여 꽃 이름을 이팝꽃이라고 하였겠는가.

한창을 말을 달려 금강 포구에 도착했다. 포구엔 강을 건너려는 백성들이 나룻배를 기다리고 있었다. 추레한 모습으로 보아 백제인이 대부분이었다. 포구에는 당군 대여섯 명이 강을 건너려는 백성들의 짐 수색을 했다. 어디 가나 신라군이나 당군이 백제인만 보면 몸수색을 하고 검문을 했다. 망국 백성들의 비애가 아닐 수가 없었다.

계륵치는 말에서 내려 포구 쪽으로 다가갔다. 예외 없이 당군이 계륵치가 다가오자 창을 겨누며 제지를 했다.

"너는 어디서 오는 자냐? 배를 타고 어디로 가려는 거냐?"

"나는 백제인이다. 어머니를 뵈러 간다."

계륵치가 당당하게 말했다.

"뭐라고? 이놈 보게. 아주 맹랑한 놈이로구나. 망한 나라 백제인 주제에 큰 소리를 쳐. 이놈이 정신이 나간 놈이로구나."

당군이 계륵치의 말을 비웃으며 창으로 찌를 듯이 다가왔다.

"어디서 오는 길이냐?"

계륵치에게 다가온 당군이 다시 물었다.

"잠깐 볼일이 저 마을에 갔다 오는 길이다."

계륵치가 당군이 묻는 말에 대답했다.

"백제인 놈이 건방지게 말을 타고 다녀?"

당군이 계륵치가 타고 온 말을 둘러보며 시비를 걸었다.

"백제인이라고 말을 타지 말란 법이 없잖소?"

계륵치가 기죽지 않고 당당하게 말했다.

"뭐라? 이놈 말하는 것 좀 보게. 이놈아, 너희 백제 놈들은 말이 아니라 살아서 걸어 다니는 것만도 황송하게 생각해야 한다. 말은 압수한다."

당군이 계륵치에게서 말을 빼앗으려고 했다.

"아니, 이런 법이 어디 있소? 당신네 나라에선 백성들이 타고 다니는 말을 함부로 뺏어도 되었소?"

계륵치가 거세게 항의했다. 그러자 당군이 계륵치의 반응에 어이가 없다는 표정을 지었다. 그도 그럴 것이 백제 백성 중에서 신라군이나 당군에게 부당한 일을 당해도 항의하는 백성은 없었다. 항의는커녕 저들이 하라는 대로 고분고분 따랐고 능욕을 당해도 감수했다.

"이놈이 죽으려고 환장을 했나? 야, 이놈아. 네놈이 지금 어디서 항거야? 당장 말을 내놓지 않으면 네놈의 목을 베고 말테다."

당군이 칼을 빼어 들고 당장 목을 칠 듯이 칼 든 손을 치켜들었다.

계륵치는 더 이상 당군과 옥신각신 다투기가 싫었다. 다툰다고 해결될 일이 아니었다. 당군은 말을 안 들을 경우 목이라도 칠 것이었다. 계륵치는 일거에 당군을 해치우기로 마음먹었다. 결정을 함과 동시에 계륵치는 다리 옆에 차고 있던 단도를 꺼내 눈 깜짝할 새에 당군의 배를 찔러버렸다. 순식간에 일격을 당한 당군이 배를 움켜쥐고 신음을 뱉으며 놀란 눈으로 계륵치를 쳐다보았다. 눈은 두려움과 공포감으로 가득 차 있었다. 순간 이 모습을 본 다른 당군이 계륵치를 향해 고함을 질렀다.

"이놈이 어디서! 네 이놈, 너는 오늘 살아서 돌아가지 못할 것이다."

당군이 칼을 빼어 들고 당장 벨 듯이 계륵치에게 달려들었다. 계륵치는 당황치 않고 다른 한 개의 단검을 빼어 앞서오는 당군을 향해 힘차게 던졌다. 그 행동이 워

낙 빨라 당군은 피할 새도 없이 가슴에 단검을 맞았다.

이어 계륵치는 말 잔등에 숨겨 두었던 칼을 빼 들었다. 남은 세 명의 당군이 각기 칼과 창을 휘두르며 계륵치에게 달려들었다. 계륵치는 땅에 박차를 가하고 뛰어올라 세 명중 한 명의 목을 내리쳤다. 칼을 맞은 당군이 피를 뿜으며 쓰러졌다. 숨 쉴 틈도 없이 계륵치는 동시에 옆으로 칼을 뉘여 나머지 당군의 허리를 연달아 베어 버렸다. 눈 깜짝할 새였다.

배를 타려던 백성들이 자기들 눈앞에서 벌어진 일을 믿을 수 없다는 듯 놀란 눈으로 계륵치를 바라보았다. 계륵치가 칸을 거둬 칼집에 꽂았다.

"나는 백제 무사 계륵치요. 신라군과 당군은 우리 백제의 원수요. 그리하여 처단하였소. 어서 배를 타고 강을 건너시오."

계륵치의 말에 백성들이 계륵치를 향해 허리를 굽실거리며 허둥지둥 배에 올랐다.

배에서 내린 계륵치는 어머니가 계신 마을로 말을 달렸다. 융성했던 백제 시대의 사비도성은 황량하기 이를 데 없었다. 성은 불타 무너지고 옛사람은 없어졌다. 그

러나 풍경만은 여전했다. 여기저기 초여름에 피는 꽃들
이 흐드러지게 피어 있었다. 그 아름다운 꽃의 모습이
더욱 처연했다. 들판 곳곳에는 백성들이 나와 일을 하고
있었다. 피난 가지 못하고 도망가지 못한 백제 백성들이
었다. 산 사람은 살아야겠기에 때가 되니 논과 밭에 나
와 일을 하는 깃이었다.

집 안에 어머니는 안 계셨다. 한창 농사 시기였기에
집 안에 있을 리가 없었다. 계륵치는 타고 온 말을 감나
무둥치에 매어 두고 어머니를 찾아 나섰다. 마을 동구
밖에 있는 논에 가셨을 것이다. 논 여기저기에서 백성
들이 논김을 매고 있었다. 어머니도 저들과 같이 어울려
논김을 맬 것이었다.

계륵치는 논둑으로 들어서서 어머니를 찾았다. 일하
는 백성들 틈에 어머니가 보였다. 어머니가 논둑으로 걸
어 들어오는 계륵치를 발견했다.

"아이구, 계륵치야. 네가 어쩐 일이냐? 어서 오너라."

어머니가 논김을 매다말고 급하게 논둑으로 나오며
계륵치를 반갑게 맞이했다.

"어머니, 저 왔습니다."

계륵치가 어머니에게 인사를 했다.

"오냐, 오냐. 짬을 내기가 어려웠을 텐데 왔구나. 어서 집에 가서 쉬고 있으려무나. 내 일을 끝내고 곧 갈 테니 말이다."

어머니가 계륵치에게 손을 저어 집으로 들어가라고 했다.

"아닙니다. 어머니. 저도 김매기를 돕겠습니다."

계륵치가 어머니가 말릴 새도 없이 가랑이를 걷고 논으로 첨벙 들어섰다. 계륵치와 어머니는 백성들과 섞여 김매기를 했다.

"산 사람은 살아야겠기에 김을 맨다만, 옛날 같지가 않아 흥이 나지를 않는구나."

어머니가 머리에 쓴 베 보자기를 벗어 얼굴을 닦으며 말했다.

"그러시겠지요. 어머니 우리 수복군이 어서 하루속히 백제를 수복하여 마음 놓고 농사도 짓고 이웃들과 어울려 살았으면 좋겠습니다."

계륵치가 어머니를 위로하듯 말했다.

"그랬으면 얼마나 좋겠느냐…"

어머니가 계륵치의 말에 잠시 먼 하늘을 올려다보았
다. 어머니의 표정에는 간절한 바람과 절망의 표정이 뒤
섞여 있었다.

그날 저녁 계륵치는 사비도성 안으로 들어갔다. 예전
처럼 경비는 삼엄하지 않았다. 성안을 드나드는 데에도
어려움이 없었다. 더군다나 계륵치는 신라인의 복장을
하고 말을 타고 있었다. 당나라 군사들은 계륵치를 신라
관리의 자제로 보았다. 그렇다고 계륵치는 긴장을 늦출
수 없었다. 언제 어느 때 당군이 검문을 할지 몰랐다. 위
험은 언제나 도사리고 있었다. 지금은 평화의 시대가 아
니고 전시 상황이었다. 신라군과 당군은 백제 수복군을
완전히 섬멸할 때까지 긴장의 끈을 놓지 않았다. 그만큼
백제 수복군의 활약이 두드러졌다. 전투에서도 여러 번
신라군과 당군은 백제 수복군에 격파당하고 군사들이
몰살당했다.

계륵치는 내성으로 올라갔다. 당군의 지도부가 있는
곳이었다. 계륵치는 내성을 드나들고 오고가는 사람들
을 유심히 관찰했다. 특히 여자들이 나오면 부용차련의
행방을 물어볼 참이었다. 이왕이면 예전에 만났던 여인

을 만날 수 있었으면 하는 기대를 했다.

계륵치의 바람은 이루어졌다. 전에 보았던 여인이 머리에 무엇인가를 이고 계륵치가 있는 곳으로 다가왔다. 계륵치는 반가웠다.

"오랜만에 뵙습니다. 그동안 무사하셨군요."

종종걸음으로 계륵치가 있는 방향으로 오던 여인이 계륵치를 보고 흠칫 걸음을 멈추었다.

"나 계륵치라 합니다. 예전 부용차련 일로 한 번 만났지요."

계륵치가 여인에게 가까이 다가가며 말했다. 여인이 그제서야 알겠다는 듯 머리를 끄덕였다. 그렇지만 여전히 주위를 두리번거렸다.

"저, 저하고 잠깐 이야기 좀 하시지요. 짐은 저에게 주십시오. 제가 들고 가겠습니다."

계륵치가 여인의 머리에서 짐을 벗어 들었다.

"빨리 가야합니다. 오래 지체할 수가 없습니다."

여인이 주위를 둘러보며 다급하게 말했다.

"알겠습니다. 부용차련은 아직 당군 장수 처소에 있습니까?"

계륵치가 소녀의 소식을 물었다. 여인이 그럴 줄 알
았다는 듯이 곧바로 대답했다.

"그렇습니다. 아직 부용차련이 당군 처소에 있습니다.
당군 장수가 소녀를 친딸처럼 여기고 있습니다. 백제 수
복군을 섬멸하고 당나라로 돌아갈 때 부용차련도 데리
고 간다고 합니다."

"그래요? 소녀는 어떻게 지내고 있습니까?"

"예전 무사님이 여기까지 와서 소녀를 찾았다고 말해
주었습니다. 그 말을 들은 부용차련이 무사님을 뵙지 못
해 무척이나 아쉬워했습니다. 그러면서 여기를 빠져나
갈 일만 생각하고 있습니다."

"그렇군요. 저 미안하지만 부탁 좀 하겠습니다. 오늘
밤 소녀를 구출하여 이 성을 탈출하려고 합니다. 안에
들어가시면 소녀에게 전해 주십시오. 해시(밤 11시)쯤 해
서 저기 나무숲이 있는 곳으로 나와 달라고 말입니다."

계륵치가 성벽 아래 관목이 우거진 곳을 가리켰다.

"알겠습니다. 조심하시기 바랍니다. 그럼 전 이만..."

말을 마치고 여인은 총총히 사라졌다.

계륵치는 집으로 돌아왔다. 계획을 세워야 했다. 부

용차련을 구해내는 일도 문제였지만, 어디에 머물게 할지 걱정되었다. 딱히 부용차련이 머물 곳이 생각나지 않았다. 그렇다면 어머니와 함께 있도록 해야겠다는 생각이 퍼뜩 들었다. 계륵치는 미리 어머니에게 부용차련을 구해오면 집으로 데리고 오겠다는 말을 안 한 것이 후회되었다.

하지만 지금이라도 어머니에게 말을 하고 양해를 구해야겠다고 마음먹었다. 계륵치는 집으로 돌아오자마자 어머니에게 부용차련 얘기를 꺼내었다. 어머니는 계륵치의 말을 듣고 놀라면서 걱정을 했다.

"위험한 일이로구나. 당군 장수의 내실에서 일하는 낭자라면 당군 장수의 총애를 받는 낭자일 텐데, 그 낭자가 없어진 걸 알면 그 장수가 가만히 있겠느냐?"

어머니가 계륵치를 올려다보며 걱정스럽다는 듯 말했다.

"그건 예상한 일입니다. 어쨌든 제가 부용차련을 구해올 테니 어머니가 당분간 소녀를 보살펴 주십시오."

"그건 어려운 일이 아니다만, 그 후 일이 걱정이 되어 하는 말이다. 이 어미로서는 딸 같은 낭자가 생기니 얼마나 좋으냐? 그동안 어미 혼자 있어 적적하였다."

어머니가 옅은 웃음을 지으며 말했다.

밤이 점점 깊어 갔다. 계륵치는 단단히 무장을 했다. 될 수 있으면 당군과의 접전을 피해야 했다. 하지만 접전을 벌일 경우를 대비해야 했다. 칼과 활, 화살을 챙기고 양다리에 단검도 숨겼다.

계륵치는 말을 몰아 사비도성으로 달렸다. 밤바람에 향기가 섞여왔다. 푸르른 나뭇잎과 산과 들에 피는 꽃에서 날아오는 향기였다. 계륵치는 심호흡을 하며 말과 밀착하여 산과 들을 달렸다. 두식경이나 달리자 말의 호흡이 가빠졌다. 말갈기에 땀도 묻어났다. 쉬지 않고 달렸으니 말도 지칠 만 했다. 계륵치는 말의 고삐를 잡아당겼다. 천천히 말을 타고 가다가 개울을 만나면 말에게 물을 먹여야겠다고 생각했다.

마침 산허리를 돌아나가자 개울물 흐르는 소리가 졸졸졸 들려왔다. 말에게 물을 먹이고 땀을 들였다. 여유로운 행동이었으나 계륵치의 마음은 바빴다. 과연 부용차련이 자기가 지정한 장소에 나올 것인가가 자못 궁금했다. 성만 무사히 빠져나온다면 일사천리로 달려 집으로 돌아올 것이다.

성문은 굳게 닫혀 있었다. 주위는 지척을 분간하기 어려울 정도로 어두웠다. 성문을 지키는 군사들만 성문 앞에서 창과 칼을 들고 서성거렸다. 성문으로 들어가기는 어려웠다. 그렇다면 성벽을 넘어야 했다. 낮에 성벽을 보아뒀던 터라 계륵치는 쉽게 넘어갈 성벽으로 그림자같이 다가갔다. 달도 없는 그믐밤이었다. 가끔씩 어디선가 개들이 생각난 듯이 울어 댔다.

계륵치는 도둑고양이처럼 민첩하게 움직였다. 저만치 부용차련과 만나기로 한 관복 숲이 보였다. 아무런 사람의 기척이 없었다. 소녀가 안 나온 모양이었다. 계륵치는 나무둥치 뒤에 숨어 부용차련이 나오기를 기다렸다. 잠시 후 내성 쪽에서 사람의 그림자가 어른거렸다. 그림자는 조심조심 계륵치가 있는 곳으로 다가왔다. 부용차련이었다. 계륵치는 그제서야 안도의 숨을 쉬었다. 계륵치가 부용차련에게 재빠르게 다가갔다.

"어서 오시오. 기다리고 있었습니다."

계륵치가 부용차련에게 소리를 낮추어 말했다.

"고맙습니다. 저를 구하기 위해 위험을 무릅쓰고 오시다니..."

부용차련이 말을 잇지 못했다.

"자, 할 말은 많지만 지금은 그럴 때가 아닙니다. 어서 성벽을 넘어 이 자리를 빠져나가야 합니다. 나를 따라 오십시오."

계륵치가 앞장서 빠르게 걸음을 떼었다. 그때였다. 성벽을 수비하던 경비 군사가 계륵치와 부용차련을 발견하고 고함을 질렀다. 경비 군사는 두 명이었다.

"거기 누구냐?"

경비 군사가 창을 앞세우고 계륵치와 부용차련에게 빠르게 다가왔다. 위기였다. 여기서 잡혔다가는 모든 일이 공염불이었다.

"어인 놈들이냐? 꼼짝 말고 그 자리에 섰거라. 그렇지 않으면 살아남지 못할 것이다."

고함을 지르며 경비 군사가 다가왔다. 순간 계륵치는 다리에 숨겨 두었던 단검을 꺼냈다.

단검을 손바닥에 모아 쥔 계륵치가 다가오는 경비 군사를 향하여 빠르게 던졌다. 날카로운 단도가 순식간에 날아가 두 명의 군사를 맞혔다. 비명을 지르며 군사들이 쓰러졌다.

"어서 서둘러야 합니다. 어서 오시오."

군사들이 쓰러진 것을 확인한 계륵치가 다급하게 부용차련에게 말했다. 두 사람은 서둘러 성벽을 넘었다. 부용차련이 숨 가쁘게 계륵치의 뒤를 따랐다. 성벽을 넘은 두 사람은 말이 있는 곳으로 달려가 말 위에 올라 박차를 가했다. 성문 쪽에서 소란한 소리가 들렸다. 당군들이 말을 타고 추격을 해 왔다.

칠흑 같은 밤길이었다. 계륵치는 왔던 길을 돌아 산비탈 쪽으로 말의 고삐를 낚아채었다. 말 한 마리에 두 사람이 탔으므로 말의 속도가 추격하는 당군의 속도보다 느렸다. 당군의 수는 예닐곱 명은 되는 듯했다. 이대로 계속 말을 달렸다가는 당군에게 추격당하기 십상이었다. 적당한 곳에서 말을 내려 당군들을 처치하고 가야겠다고 생각했다.

계륵치는 말을 달리면서 당군을 급습하기 좋은 장소를 찾았다. 마침 모퉁이를 돌아가는 방향에 숲이 보였다. 은신하기 좋은 곳이었다. 은신하기 좋은 장소가 아니라도 컴컴해서 자연 은신이 되었다. 그곳에 은신하여 활을 쏴서 추격하는 당군을 처치하기 딱 맞춤한 장소였다.

"자, 여기 잠깐 내리십시오. 그리고 저 나무 뒤에 숨어 계시오."

계륵치가 부용차련에게 이르고 활을 집어 들었다. 부용차련이 놀란 눈으로 계륵치를 올려다보았다. 당군이 탄 말의 말발굽 소리가 가까이 들려왔다. 계륵치는 활시위에 화살을 걸었다. 앞서오는 당군의 말이 보였다. 시위를 길게 늘여 어둠 속을 향해 화살을 날렸다 밤공기를 가르고 화살이 날았다. 퍽 소리와 함께 당군이 말에서 떨어졌다. 당군들이 주춤했다.

말고삐를 당기며 주위를 경계했다. 계륵치는 주저하지 않고 눈짐작으로 거리를 가늠하여 활을 쏘았다. 연이어 쏜 화살이 날아가 당군에게 적중했다. 화살을 맞은 당군이 바닥으로 굴러떨어지는 소리가 들려왔다. 여유를 두면 안 되었다. 화살 서너 대를 연거푸 날렸다. 화살은 쏘는 족족 당군을 맞혔다. 그야말로 귀신같은 솜씨였다. 숨을 죽이며 지켜보던 부용차련의 입이 저절로 벌어졌다. 계륵치의 무술 실력은 예전에 보아 알았지만 이처럼 무공이 높은 줄은 몰랐다.

　나머지 당군들이 두려워서 다가오지는 못하고 어둠
속을 향해 화살을 날렸다. 그러나 저들은 상대방이 있는
방향을 알지 못하고 무조건 날리는 화살이었으므로 엉
뚱한 곳으로 날아갔다. 반면에 계륵치는 당군이 있는 방
향을 알고 화살을 날렸으므로 화살은 목표물에 정확하
게 맞았다. 마지막 한 명 남은 당군이 혼비백산하여 방
향을 돌려 꽁지가 빠지게 달아났다.

　계륵치는 당군을 한 명이라도 살려 보내서는 안 된다
고 생각했다. 화살을 달아나는 당군을 향하여 겨누었다.
시위를 힘껏 늘였다 호흡을 잠시 멈추고 화살을 놓았다.
화살이 밤하늘에 파열음을 내며 날았다. 기를 쓰고 달아
나던 당군의 등에 퍽 소리를 내며 화살이 깊게 박혔다.

## 7. 옹산성의 패배와 부여풍의 귀국


부여복신은 일본 야마토에 사신을 보내 부여풍의 귀
국을 요청했다. 의자왕을 대신할 왕이었다. 부여풍은 전
함 170여 척에 5,000여 명의 왜의 야마토 군사를 거느리
고 귀국했다. 이전에 백제 수복군은 옹산성에서 3일 동
안 신라군과 치열한 전투를 치렀다. 그러나 수복군은 수
천의 희생자를 내고 신라의 김유신 장군이 이끄는 신라
군에게 패하고 말았다.

이 전투에 계륵치와 우섭 부장, 의결, 충애, 쇠청, 척
기도 참전했다. 옹산성주는 백제 수복군의 7품 관직인
나솔 한귀막이었다. 이름이 알려지지 않은 장군이었으

나 백제에 대한 충정은 누구보다 강했다. 김유신은 문무왕과 함께 당군의 군량미 수송을 맡은 지원부대를 이끌고 경주를 출발하여 웅산성까지 왔다. 그가 이끈 신라군과 백제 수복군 사이에 일전을 치룬 것이었다.

신라의 김유신 장군은 웅산성을 포위하고 공격을 하기 전 성주인 나솔 한귀막 장군에게 항복을 권했다.

"너희 백제가 우리 신라에 공손치 않았기에 토벌을 받은 것이다. 명에 따르는 자는 살 것이고 명을 따르지 않는 자는 죽임을 당할 것이다. 이제 너희들이 고립된 성을 지켜서 무엇을 하자는 것이냐? 참혹하게 죽을 수밖에 없으니 성을 나와 항복하거라. 그러면 목숨을 부지할 수 있거니와 부귀도 누릴 수 있다."

김유신의 항복 권유에 한귀막 장군이 성루 위에서 호탕하게 웃으며 응답했다.

"하하하하! 신라 놈들아, 듣거라! 비록 작은 성이지만 우리에게는 병기와 식량이 충분하다. 또한 우리 군사들이 의롭고 용감하니 목숨을 걸고 싸울지언정 너희 놈들에게 살아서 항복하는 일은 없을 것이다."

한귀막 장군의 응답에 김유신이 껄껄 웃으며 말했다.

"궁지에 몰린 새나 곤경에 처한 짐승도 스스로를 구할 줄 안다고 하였다. 바로 너희를 두고 하는 말이로구나."

김유신은 곧바로 군사들에게 공격 명령을 내렸다. 명령을 전달받은 군사가 깃발을 휘두르고 북을 울렸다. 공격 북소리가 둥둥둥 울려 퍼졌다. 그러자 기다렸다는 듯이 신라군들이 벌 떼처럼 성을 공격하기 시작했다. 화살이 비 오듯 나르고 성문을 부수는 충차가 성문을 연거푸 가격 했다. 또한 포차에서는 연신 돌을 성안으로 날렸다. 그에 더하여 운제 사다리를 성벽에 설치하여 신라군들이 성벽을 넘으려 했다.

"백제군들이여, 두려워 말라. 목숨을 다하여 신라군을 막자."

한귀막 장군이 칼을 휘두르며 군사들을 독려했다. 우섭 부장은 성벽을 오르는 신라군을 향하여 쉴 새 없이 화살을 쏘았다. 계륵치 역시 화살을 날렸다. 의결 조장과 충애, 쇠청, 척기 역시 화살을 날리는 동시에 칼과 창을 휘둘러 신라군들을 무찔렀다.

하지만 중과부적이었다. 시간이 갈수록 백제 수복군의 패색이 짙어 갔다. 신라군은 신라 최고의 장군인 김유신이 앞장서 지휘를 하였고 신라 문무왕이 높은 언덕에서 신라군들을 독려했다. 접전 중에 한귀막 장군이 신라군들이 쏜 무수한 화살을 맞고 장렬하게 숨졌다. 안타깝게도 의결 조장도 신라군의 칼과 창에 찔려 숨졌다.

부상으로 온몸이 망신창이가 된 우섭 부장이 계륵치에게 고함를 질렀다.

"계륵치야, 어서 몸을 피하거라. 너는 살아남아 훗날을 도모하여야 한다. 이번 전투는 우리 수복군이 졌다. 아, 하늘도 무심하도다."

우섭 부장이 굵은 눈물을 뚝뚝 흘리며 신음하듯 말했다. 그 옆에서 연신 칼과 창을 휘둘러 신라군들을 베고 찌르던 충애와 쇠청, 척기 군사도 눈물을 흘렸다. 살아남은 백제 수복군은 얼마 남지 않았다. 신라군은 성을 점령한 후 백제 수복군은 눈에 띄는 대로 죽였다. 하지만 백성들은 살려주었다.

계륵치는 말을 달려 성을 탈출했다. 말을 타고 달리는 계륵치의 눈에서 눈물이 줄줄 흘러내렸다. 너무 억울하고 분하여 나오는 눈물이었다. 수많은 백제 수복군이 신라군의 칼날에 무참하게 죽었다. 의결 조장도 죽었다.

몸에 수많은 부상을 입은 우섭 부장과 충애 조장과 쇠청, 척기 군사의 생사도 알 수 없었다. 살아서 어디서 만나자는 말도 없었다.

계륵치는 일단 주류성으로 말을 달렸다. 주류성에는 승려 도침의 세력권이었다. 누가 세력을 잡았건 그건 중요치 않았다. 주류성은 헌재의 우금산성이었다. 충청도의 경계를 넘어 전북 부안에 있었다. 말을 달려도 사흘을 꼬박 가야할 길이었다. 계륵치는 마을을 찾아 말을 달렸다. 아직 이곳은 백제의 옛 땅이었다. 산천은 그대로인데 주인은 바뀌었다.

가도 가도 마을이 보이지 않았다. 들을 지나니 산속으로 접어들었다. 푸르른 초목이 우거져 싱그러웠다. 얼마 전까지 피비린내 나는 전투를 치른 것과 비교가 되었다. 일단 물을 찾아 목을 축이고 말에게도 물을 먹여야 했다. 웬만한 산속에는 계곡이 있었고 계곡에는 물이 흘렀다. 한참을 들어가자 물 흐르는 소리가 들렸다. 계륵치는 말에서 내려 물을 마셨다. 말도 목이 마른지 한참 동안 물을 들이켰다.

정신없이 말을 달려온 터라 몸에 상처가 난 것도 몰랐

다. 옆구리에 통증이 있어 보니 칼에 베인 상처가 있었다. 피가 흘러나왔다. 계륵치는 피를 멎게 하는 약초를 찾아 돌로 찧어 상처에 대고 무명 헝겊을 둘렀다. 다행히도 상처는 깊지 않았다. 어서 마을을 찾아야 했다. 배가 너무 고파 뱃가죽이 등에 달라붙을 정도였다.

산속을 나와 한참을 달리니 마을이 보였다. 두세 채의 집들이 띄엄띄엄 있었다. 그중 가장 외딴집으로 말을 몰았다. 말발굽 소리를 들었는지 마당에서 사람이 나왔다. 허리 굽은 노인이었다.

"워워워!"

계륵치가 말을 세우고 바닥으로 훌쩍 내렸다. 노인이 그런 계륵치를 두려운 눈으로 올려다보았다.

"할머니, 저는 백제 무사 계륵치라 합니다. 지나는 길에 배가 고파 들렀습니다. 요기 좀 할 수 있는지요? 값은 지불하겠습니다."

계륵치가 노인에게 말했다.

"어디서 오는 길인데 예까지 와서 밥을 찾수?"

노인이 겁먹은 눈으로 계륵치의 위아래를 훑어보며 말했다.

"예, 옹산성에서 오는 길입니다. 하루 종일 끼니를 걸렀습니다. 요기 좀 하게 해주십시오."

계륵치가 사정을 하였다.

"나이 든 노인이 혼자 사는 집에 무슨 먹을 것이 있겠수. 나 역시 먹다 굶다 하며 죽지 못해 산다우. 보아하니 귀한 집안의 자제 같으신데 어쩐 일로 여기까지 오시었수?"

노인은 계륵치가 말을 타고 온 데다 생김새가 예사 백성 같지 않아 보여선지 경계심을 풀지 않고 이것저것을 물었다.

"아무거나 괜찮습니다. 요기만 하면 바로 떠나겠습니다."

"배가 많이 고픈가 보구려. 하긴 백제인치고 배곯지 않고 사는 백성이 얼마나 되겠소이까. 이놈의 세상 우리 같은 백성들은 어찌 살아야 할지 모르겠수."

노인이 푸념을 하듯 말하고 집 안으로 몸을 돌렸다.

"들어오슈. 좁쌀이 조금 있으니 죽이라도 쒀서 드리리다."

노인이 계륵치를 돌아보며 말했다.

"고맙습니다."

계륵치가 인사를 하고 노인을 따라 집 안으로 들어섰다. 방으로 들어가자 곧 허물어질 듯한 서까래에서 흙이 우수수 떨어졌다. 아랫목 쪽에는 때가 잔뜩 낀 이부자리가 뭉쳐져 구석에 처박혀 있었다. 비참하고 옹색하고 궁색한 티가 여실히 드러났다.

계륵치는 빈궁한 광경을 보자 배고픈 생각이 싹 달아났다. 노인은 컴컴한 부엌에서 무엇을 하는지 달가닥거리는 소리가 들려왔다. 계륵치는 품 안의 주머니에서 작은 은덩이 몇 개를 꺼내었다. 그리고 방을 나와 부엌에 있는 노인에게 은덩이를 내밀며 말했다.

"할머니, 급히 가봐야 해서 죽을 먹지 못할 것 같습니다. 이건 얼마 안 되지만 곡식이라도 사서 요기를 하십시오. 자, 받으십시오."

계륵치가 은덩이를 노인에게 내밀었다. 솥단지에 물을 붓고 불을 때려던 노인이 계륵치가 내민 은덩이를 보고 깜짝 놀랐다.

"아니, 그게 무엇이오? 내가 보답을 바라고 죽을 쑤려는 것이 아니오. 그러니 어서 치우시오. 내 빨리 죽을 쑬 테니 잠시만 기다리시오."

노인이 손을 절레절레 흔들며 거절했다.

"제가 드리고 싶어 드리는 것이니 마음 쓰지 마십시오. 여기 놓고 갑니다."

계륵치가 은덩이를 부엌문 옆에 두고 부리나케 나왔다. 말을 타고 가며 뒤를 돌아보니 노인은 계륵치를 향해 연신 허리를 굽히고 있었다.


일본에서 귀국한 부여풍은 주류성을 새 도성으로 삼고 백제의 왕으로 등극했다. 그러나 내분은 점점 깊어가 기어코 부여복신은 백제 수복군의 지도자 중 한 사람인 승려 도침을 죽였다. 부여복신은 수복군의 병권을 장악하고 자신의 세력을 넓혔다.

백제 수복군의 내분은 나당 연합군에게 있어서는 절호의 기회로 작용했다. 나당 연합군은 이 기회를 놓치지 않고 백제 수복군이 점령한 여러 성을 공략하여 빼앗았다. 이때 당군에 의해 함락된 성이 지라성과 윤성, 사정책, 대산책이었다. 이처럼 내분의 결과는 커서 백제 수복의 길은 점점 멀어져만 갔다.

우섭 부장의 생사는 여전히 알 수가 없었다. 계륵치는 끈 떨어진 뒤웅박 신세가 되었다.

우섭 부장의 도움이 있었기에 지금까지 계륵치는 백제 수복군의 일원으로 신라군과 당군을 상대로 싸웠다. 그 일은 백제 수복의 일도 되었지만 황산벌에서 숨져간 아버지 계루신 부장의 원수를 갚는 일이기도 했다. 아니 아버지의 원수를 갚는 일뿐만 아니라 계백 장군의 원수, 수만의 백제 군사와 백제의 원수를 갚는 일이기도 했다.

계륵치는 백제 수복군의 내분에 가슴을 치며 통탄했다. 서로 힘을 합하고 뜻을 하나로 모아도 모자랄 판이었다. 그런데 서로 시기 질투하고 자기 세력을 넓히기 위해 상대방을 공격하고 죽이다니. 백제의 운명은 여기까지인가보다 하는 한탄이 저절로 나왔다.

"각자도생이다. 이제 그 누구도 의지하지 않고 나 혼자 목숨이 다하는 날까지 신라군과 당군을 상대로 싸우리라. 백제의 혼이 죽지 않고 살아있다는 것을 증명해 보일 것이다."

계륵치는 이를 악물고 다짐을 했다. 계륵치는 어머니와 부용차련이 있는 사비도성으로 말을 몰았다. 우섭 부장이 없으므로 그의 지시를 따르지 않아도 되었다. 한나절을 말을 타고 사비도성에 당도했다. 어머니가 계시는 마을 반조원이 보였다. 여전히 동구 밖 느티나무는 무성한 가지를 드리우고 있었다.

다행히 집에는 어머니와 부용차련이 무사히 있었다. 계륵치는 어머니에게 절을 했다. 그 옆에서 부용차련이 반가워 어쩔 줄 모르는 표정으로 계륵치를 바라보았다.

"무사히 보게 되어 반갑구나. 날마다 천지신명께 너의 무사와 수복군의 승리를 기원하고 있단다."

어머니가 감격에 겨워 아들 계륵치의 손을 어루만지며 말했다. 계륵치는 예전보다 더욱 성숙하여 보였고 젊은 나이지만 산전수전 공중전까지 겪은 몸이라 듬직했다.

"어머니, 어머니의 그 기원이 이루어져 우리 옛 백제를 되찾을 수 있다면 얼마나 좋겠습니까. 그 일을 위해 수많은 수복군이 죽었습니다. 어머니..."

계륵치는 감정이 북받쳐 올라 자기도 모르게 눈물이 주루룩 흘렀다. 옆에서 계륵치와 어머니를 지켜보던 부용차련의 눈에서도 눈물이 흘렀다.

"울지 말거라. 사람이 아무리 애를 써도 사람의 힘으

로 안 되는 것도 있단다. 모든 것이 운명이다. 울지 말거라, 아들아."

어머니가 눈물을 거두며 계특치의 어깨를 다독거렸다.

그날 밤이었다. 계특치는 부용차련과 집 바깥으로 나왔다. 오랜만에 서로 만나 나눌 이야기가 많았다. 밤하늘에 별이 총총히 빛났다. 소쩍새 울음소리가 여기저기서 들려왔다. 죽은 백제 군사들의 영혼을 위로하려는 울음인 듯 소쩍새 울음소리가 구슬프게 들렸다.

"백제군의 내분 소식이 들려와 걱정이 많았습니다. 성도 여러 개가 함락되었다는 소식도 들었고요."

부용차련이 어둠 속에서 고개를 숙이며 떨리는 목소리로 말했다.

"안타깝습니다. 이 어려운 시기에 같은 편끼리 내분이 생겨 급기야 부여복신이 도침 스님을 죽였습니다. 내가 믿고 의지하던 우섭 부장님의 생사도 아직 알 길이 없습니다."

계특치가 밤하늘을 올려다보며 가볍게 한숨을 내쉬었다.

"우섭 부장님은 계륵치 님이 아버님처럼 믿고 따르는 분 아니십니까?"

"그렇지요. 나를 지금까지 이끌어주신 분입니다. 지난 옹산성 전투 때 부상을 입으시면서 신라군과 끝까지 싸우셨는데, 생사를 알 수 없습니다. 의결 조장님은 싸움 중 놀아가셨고 중애, 쇠청 조장님과 척기 군사님의 생사도 알지 못합니다."

"… …"

부용차련이 계륵치의 말에 아무 말도 못했다. 둘 사이에 침묵이 흘렀다. 잠시 후 계륵치가 침묵을 깨었다.

"여기서는 지낼 만합니까?"

계륵치가 질문을 하고 부용차련을 돌아보았다. 부용차련이 수줍은 듯 어둠 속인데도 고개를 살포시 숙였다. 계륵치는 부용차련의 그런 모습에 자기도 모르게 가슴이 설레었다.

"예, 어머니께서 저를 친딸처럼 대해 주셔서 어려운 일은 없습니다. 이 은혜를 어찌 갚아야 할지 모르겠습니다."

"다행입니다. 이제 머지않아 당군들도 자기 나라로 물

러갈 것입니다. 신라도 망한 백제의 백성들을 신라인처럼 대할 것이고요. 그러면 훨씬 살기가 편해질 겁니다."

계륵치가 담담하게 앞날에 대해 이야기했다.

"계륵치 님은 앞으로 어찌하실 것입니까? 제 어린 생각으로는 어머니를 모시고 사셨으면 좋을 것 같습니다…"

부용차련이 조심스럽게 자기의 속마음을 드러내 보였다.

"… 저는 백제의 수복을 위하여 목숨을 내어놓았습니다. 그리고 아버지의 원수이며 우리 백제의 원수인 신라와 당나라 놈들과 끝까지 싸울 것입니다. 우리 백제의 혼이 꺼지지 않고 살아있다는 것을 목숨을 바쳐 보여줄 것입니다."

계륵치가 부용차련을 바라보며 각오를 말했다. 부용차련은 계륵치의 말에 뭐라고 할 말이 없었다. 그만큼 계륵치의 각오는 단단했고 누가 뭐래도 그 각오는 변하지 않을 것이었다.

"무사하시기만 천지신명께 기원하겠습니다. 꼭 살아서 돌아오십시오."

부용차련이 기어코 눈물을 보이며 말했다. 부용차련의 눈물을 보자 계륵치의 마음이 아팠다. 손을 내밀어 부용차련의 손을 잡으려 했다. 그렇게나마 위로를 해주려했다. 하지만 그 순간 구름 속에 가려져 있던 달이 비껴 나와 두 사람을 환하게 비추었다. 계륵치는 내밀려던 손을 슬그머니 거둬들였다.

# 8. 덕안성 전투

백제 수복군의 내분을 호기로 여긴 나당 연합군은 공격의 고삐를 늦추지 않았다. 신라와 당을 연결하는 교통로에 위치한 전략적 요충지인 진형성마저도 함락되었다. 나당 연합군은 진현성을 함락시킴으로써 군량미 수송이 한결 용이했다. 이어서 내사지성마저도 신라군에 의해 함락되어 백제 수복군은 충남 지역에서는 임존성을 제외하고 모든 성을 빼앗겼다.

계륵치는 생사를 알 수 없는 우섭 부장의 행방을 찾기 위해 백방으로 수소문했다. 이미 전사했을지도 몰랐다. 그러나 쉽게 죽을 분이 아니라는 강한 믿음이 들었다. 신라군과 나당 연합군의 공격이 쉴 새 없이 계속되었다. 이들은 백제 수복군의 내분이 벌어지는 상황을 최대한 이용하여 백제 수복군의 숨통을 끊어 놓으려 했다.

우섭 부장과 충애, 쇠청, 척기 군사가 살아있다면 이들 또한 나당 연합군과 치열한 전투를 벌이고 있을 것이다. 전투가 연일 계속되었다. 따라서 전투에 참여하는 군사들은 수도 없이 죽었다.

풍왕으로 추대된 부여풍은 도성을 주류성에서 피성으로 옮겼다. 나당 연합군의 계속된 공격으로 충남 지역의 성을 거의 빼앗긴 백제 수복군으로서는 어쩔 수 없는 선택이기도 했다. 백제 수복군은 충남 지역의 성은 거의 빼앗겼지만 전라도 지역은 아직 건재했다.

또한 전라도 지역은 평야가 넓어 농사짓기에 여러모로 편리했다. 하지만 약점도 있었다. 적의 공격에 취약했다. 도성을 옮기기 전 풍왕으로 등극한 부여풍과 좌평 부여복신, 부여풍과 일본에서 같이 건너온 야마토 장수 에치하타노 다구쓰가 서로 의논했다.

"주류성은 농토와 멀리 떨어져 있어 농사짓기에 힘이 든다. 또한 토지가 척박하여 농업과 양잠에 적합하지 않는 점 또한 그러하다. 그렇지만 산성이어서 적을 방어하기에는 좋아 싸울 만하다. 그러나 여기 오래 머문다면 백성들이 굶주릴 것이다. 그리하여 피성으로 옮기려 하는 것이다. 그리 알고 따르라."

풍왕이 피성으로 옮기려는 이유를 말했다. 이에 야마토 장수 에치하타노 다구쓰가 풍왕에게 간하였다.

"폐하, 피성은 적이 있는 곳에서 하룻밤이면 갈 수 있는 거리입니다. 서로 가까운 거리에 있으니 만약 예기치 않은 일이 발생하면 어찌하려 하십니까? 나라를 지키는 일이 먼저입니다. 나라가 온전하면 굶은들 어떠하겠습니까. 일의 선후를 헤아려 주시옵소서. 지금 적이 함부로 주류성을 공격하지 않는 것은 주류성이 산이 험한 곳에 있어서입니다. 주류성은 산이 높고 계곡이 좁아 지키기는 쉬우나 공격하기는 어려운 곳입니다. 만일 낮은 평야 지역의 피성으로 옮긴다면 적은 군사로 큰 군사를 지키기는 어려울 것입니다."

야마토 장수 에치하타노 다구쓰의 간언에도 불구하고 풍왕은 도읍을 피성으로 이전했다.

이때 계륵치는 수복군과 함께 움직이며 여러 전투에

참가했다. 하지만 백제 수복군의 내분의 여파와 지도부의 무능으로 인하여 신라군과의 전투에서나 당군과의 전투에서 계속 패하기만 했다.

해가 바뀌어 2월에는 신라의 흠순과 천존 장군에 의하여 백제의 남쪽 지역을 집중 공략을 당했다. 이에 경남 거창에 소재한 거열성과 전북 남원의 거물성과 전남 순천에 있는 사평성이 신라군에 의해 함락당했다.

계륵치는 이때 가지내(충남 논산)에 소재한 덕안성에 머물고 있었다. 덕안성 성주는 찰기방이었다. 찰기방 성주는 백제 관등 중 12품인 문독이었다. 신랑의 관등으로는 대사였고 고구려의 관등으로는 과절이었다. 관등은 그리 높지 않았으나 백제 수복에 대한 의지는 누구보다 높았다.

찰기방 성주는 계륵치의 무예를 눈여겨보았다. 눈여겨보지 않더라도 누가 보더라도 계륵치의 무예는 눈에 띄었다. 더군다나 찰기방 성주는 계륵치의 아버지 계루신 부장을 아는 무장이었다.

"계륵치야, 신라군이 곧 우리 덕안성을 공격해 올 것이다. 신라군이 공격해 온다면 우리는 저들을 막아 낼 수 없을 것이다. 저들은 이미 거열성과 거물성, 사평성을 빼앗아 사기가 높을 대로 높아져 있다. 반대로 우리 백제 수복군은 연전연패하여 사기가 바닥으로 떨어져 있다. 아, 정말 하늘도 무심하구나."

찰기방 성주가 체념한 듯한 얼굴로 계큭치에게 말했다. 성주 옆에 서 있는 부장들 역시 얼굴빛이 어두웠다. 사정이 이런데도 백제 수복군의 지도층들은 이런 위급한 상황에서도 정신을 차리지 못하고 있었다.

"신라군들이 쳐들어온다면 우리는 목숨을 다해 끝까지 싸울 것이다. 나는 백제 수복군에 들어와 이날 이때까지 목숨을 아껴본 적이 없다. 나뿐만 아니라 우리 수복군 모두는 싸우다 죽는다는 마음으로 지금까지 살아왔다."

찰기방 성주가 말을 마치고 부장들을 둘러보았다. 부장들도 성주와 뜻을 같이한다는 마음으로 고개를 끄덕였다. 분위기는 어느 때보다도 숙연했다. 이제 곧 신라군의 대대적인 공격이 있을 것이다.

"우리는 군사의 수도 적고 성 역시도 견고하지 않다. 무기도 저들과는 비교할 수 없다. 우리에게 있는 것은 죽기를 다해 싸우겠다는 투지뿐이다."

"저 역시도 죽기를 다해 싸우겠습니다."

계륵치가 성주의 말에 자기의 의지를 밝혔다.

"네 뜻이 갸륵하다. 네 아버지 계루신 부장 역시도 그런 마음으로 신라 정예군 5만과 싸웠을 것이다. 너 또한 네 아비의 뜻을 이어 지금까지 잘 싸웠다. 그러나 너는 아직 젊다. 죽기를 다해 싸우되 목숨을 보전하여 훗날을 기약하거라."

찰기방 성주가 계륵치에게 당부했다.

그날 밤 계륵치는 군사 세 명과 신라군 진영으로 염탐을 나섰다. 신라군은 덕안성 인근에 도착하여 야영을 하고 있었다. 내일이면 대대적인 공격으로 덕안성을 공략할 것이었다. 신라 장수는 천존 장군이었다. 천존 장군은 1만 5천의 군사를 이끌고 덕안성 공략에 나선 것이다.

덕안성에서 30리가량 떨어진 평지에 신라군의 군막이 세워져 있었다. 말과 신라군이 섞여 번잡한 듯하였으나 일사불란하게 군사들이 움직였다. 덕안성 안의 백제 수복군이 5천가량 되었으니 수적으로도 세 배였다. 그런데다 신라군은 최근 백제 수복군과의 전투에서 연전

연승하여 여러 개의 성을 빼앗아 사기가 높았다. 그와 반대로 백제 수복군은 연전연패에 따른 전력 소모가 많아 전투에 동원되는 군사의 수가 적었다. 또한 연일 전투로 인한 피로감도 심했지만 사기 또한 바닥이었다.

"조장님, 신라군의 군세가 대단합니다. 내일 저놈들이 우리를 공격한다면 우리가 배겨 내기가 어렵겠습니다."

부갈이라는 군사가 풀숲에 숨어 적의 동태를 살피며 말했다.

"우리야 처음부터 어려운 가운데서 백제 수복에 나서지 않았습니까? 언제 한번 쉬운 적이 있었습니까. 끝까지 목숨을 다해 싸울 뿐입니다."

계륵치가 전방을 주시하며 부갈 군사의 말에 대꾸했다.

"그렇습지요. 지금까지 저희가 버틴 것만 해도 어찌 보면 기적이라고 할 수도 있습니다. 거의 3년간을 나당 연합군과의 싸움에서 버텨왔으니까요."

"그런 동안 얼마나 많은 백제인과 수복군이 죽었습니까. 그걸 생각하면 가슴이 메고 눈물이 앞섭니다."

계륵치가 백제 수복을 위해 싸우다 죽은 수많은 사람들을 기억하며 말했다. 그런 중에도 죽음을 무릅쓰고 전장을 누비던 우섭 부장과 충애, 쇠청, 척기 조장의 생사를 알 수 없어 무엇보다 답답했다.

"저놈들이 공성무기까지 배치한 걸 보니 준비를 단단히 한 것 같습니다."

20대의 젊은 군사가 신라군 진영을 자세히 살펴보며 말했다. 젊은 군사 말마따나 신라군은 성문을 깨뜨리는 충차를 비롯하여 돌을 성안으로 날려 보내는 포차까지 여러 대 갖추고 있었다.

"이번 싸움은 정말 힘들 것 같습니다. 저놈들의 움직임을 보니 내일이면 공격을 해올 듯합니다. 우리로서는 목숨을 다해 저들을 대적할 수밖에 없겠지요. 자, 이만 돌아가시지요."

계릉치가 세 군사에게 말했다.


다음 날이었다. 날씨가 잔뜩 흐려있었다. 곧 비라도 올 듯한 날씨였다. 덕안성은 침묵에 잠겼다. 무거운 침묵이 성안 가득 차고 넘쳤다. 그런 가운데서 수복군은 신라군의 침입에 대비하여 모든 군사들이 성안에서 일전을 기다렸다. 드디어 정탐을 나갔던 군사가 말을 타고 달려와 보고했다.

"장군, 신라 놈들이 곧 성에 당도하여 우리를 공격할 것입니다."

정탐병은 숨이 턱에 차 헉헉대었다.

"알았다. 수고했다. 부장들은 들으라. 신라군이 곧 공격해 올 것이다. 각자 맡은 위치에서 죽기를 다해 신라군들을 막으라."

찰기방 장군이 결연하게 부장들에게 명했다.

"예, 장군!"

부장들 역시 결연한 목소리로 대답했다.

찰기방 장군은 성루로 올라갔다. 군사들이 신라군과의 전투를 앞두고 무기들을 점검하고 화살을 쌓아 두었다. 성루로 올라오는 신라군에게 쏟아부을 물도 끓이고 크고 작은 돌들도 무더기로 쌓아 두었다. 계륵치는 찰기방 장군 옆에서 성안의 정경을 둘러보았다. 성의 운명이 경각에 달려있었다. 군사들의 표정은 굳어 있었으나 결연했다.

"군사들은 들으라! 이제 곧 신라 놈들이 이 성을 공격할 것이다. 우리는 죽기로서 저들을 막아야 한다. 우리는 지금까지 백제의 수복을 위하여 목숨을 아끼지 않고 싸워왔다. 하여 오늘 죽어도 여한이 없을 것이다. 우리는 최선을 다하였고 오늘 이 자리에서 죽을 것이다. 군사들이여, 목숨이 다할 때까지 백제를 위하여 싸우자! 백제 만세! 수복군 만세!"

찰기방 장군이 칼을 높이 쳐들어 큰 소리로 외쳤나. 이에 군사들이 호응하여 칼과 창을 들어 소리를 질렀다.

"백제 만세! 수복군 만세!"

계륵치 역시 칼을 뽑아 들고 목청껏 외쳤다.

"백제 만세! 수복군 만세!"

그때 한 군사가 달려와 찰기방 장군 앞에 무릎을 꿇으며 서신 한 통을 전하였다.

"장군, 신라 진영에서 보내온 서신입니다."

"뭐라? 신라 진영에서 보내온 서신이라고?"

찰기방 장군이 굵은 눈썹을 꿈틀거리며 군사의 손에서 서신을 받아 들었다.

"흠, 신라의 천존 장군이 보낸 서신이로군."

찰기방 장군은 서신의 내용을 읽어 보았다. 서신을 읽어 보는 찰기방 장군의 입에서 신음 소리가 흘러나왔다.

"으음… 흠… 항복하면 우리 군사들의 목숨을 보존해 준다. 네 이놈들을…"

찰기방 장군이 서신을 구겨 바닥에 팽개치며 말했다.

"이놈들이 우리를 조롱하는구나. 우리 백제 수복군이 언제 한번 신라 놈들에게 항복한 적이 있었는가. 곧 저 놈들의 공격이 있을 것이다. 각자 전투 준비를 하라."

찰기방 장군이 군사들에게 명령했다. 때에 맞춰 신라 군 쪽에서 함성소리가 들려왔다. 신라군의 대대적인 공격이 시작되었다.

"드디어 놈들의 공격이 시작되었다. 계륵치야, 너는 내 옆에 있지 말고 위치를 잡고 신라군과 싸우거라."

찰기방 장군이 칼을 뽑아 들고 성루를 내려가며 말했 다. 벌써 여기저기 신라군이 쏘아 대는 포차의 돌들이 성안 여기저기 쿵쿵 소리를 내며 떨어지고 있었다. 또한 무수히 쏘아 대는 화살로 인해 하늘이 새까말 정도였다. 백제 수복군도 성 아래로 몰려오는 신라군들을 향해 화 살을 날리고 돌을 던졌다. 운제 사다리가 성벽에 걸쳐졌 다. 사다리로 기어오르는 신라군을 향해 화살이 날아들 었다.

"장군, 장군 옆에서 싸우겠습니다."

계륵치가 칼을 뽑아 들고 결의에 찬 목소리로 말했다. 찰기방 장군이 그런 계륵치를 향해 쓴웃음을 지으며 말했다.

"나는 이번 싸움에서 살아남지 못할 것이다. 군사들 역시 이번 싸움에서 한 명도 살아남지 못할 것이다. 허나 계륵치야, 너는 살아남아야 한다. 살아남아 우리가 못다 이룬 일을 이루어야 한다. 전투 중에 기회를 보아 성을 탈출하거라. 알았느냐?"

찰기방 장군이 눈을 부릅뜨며 계륵치에게 힘주어 말했다.

"저 역시 죽기를 다해 싸울 뿐입니다."

계륵치가 결연하게 말하고 활시위에 화살을 메겨 성벽을 오르는 신라군을 향해 쏘았다. 성벽을 오르던 신라군이 계륵치가 쏜 화살에 맞아 성벽 아래로 떨어졌다. 신라군의 공격은 쉬지 않았다. 연달아 포차의 돌이 날아왔고 화살이 빗발쳤다. 포차에서 날아온 돌에 맞아 백제 수복군이 죽었고, 화살에 맞아 죽었다. 백제 수복군 역시 죽기 살기로 신라군을 향하여 활을 쏘고 돌을 던지고 끓는 물을 성 아래로 부었다. 그야말로 처절한 싸움이었다.

찰기방 장군이 성벽을 오르는 신라군에게 칼을 휘두르며 소리쳤다.

"백제군들이여, 힘을 내라! 신라 놈들을 한 명도 살려 두지 마라!"

그때 성벽을 타고 넘어온 신라군 두 명이 창으로 찰기방 장군을 공격하려 했다. 마침 계륵치가 그걸 보고 화살을 날렸다. 화살은 정확하게 신라군에게 가서 박혔다. 신라군이 비명을 지르며 쓰러지자 찰기방 장군이 힐끗 돌아보았다.

"계륵치야, 네가 내 생명을 연장하여 주었구나."

계륵치가 찰기방 장군의 말에 씩 웃고는 연이어 신라군을 향하여 화살을 날렸다. 백제 수복군의 죽음을 무릅쓴 분전에도 불구하고 시간이 지날수록 수복군의 공격이 뜸해졌다. 반면에 신라군의 기세는 꺾이지 않았다. 공격의 강도도 약해지지 않았다. 성 아래에서 신라 장군의 고함 소리가 들려왔다.

"자랑스런 신라군들이여, 백제의 잔당들이 얼마 남지

않았다. 성문을 부수고 진격하라! 공격하라!"

말 위에서 칼을 휘두르며 신라군들을 계속 독려했다. 계륵치는 성벽을 넘어온 신라군을 상대로 접전을 벌여 신라군을 쓰러뜨렸다. 계륵치는 피 묻은 칼을 성벽에 세워 두고 활을 들어 시위에 화살을 메겼다. 이어서 말 위에서 군사들을 녹려하는 신라 장군을 향해 화살을 날렸다. 피융하는 파열음을 내며 화살이 날아가 신라 장군의 목에 정통으로 박혔다. 신라 장군이 목을 움켜쥐고 말 위에서 땅바닥으로 굴러떨어졌다.

"와! 신라 장군이 화살을 맞고 말 위에서 떨어졌다!"

혼전 중에 백제 수복군이 그 모습을 보고 소리쳤다.

"와! 백제 수복군 만세!"

백제 수복군이 두 팔을 들고 만세를 불렀다. 이에 신라군이 당황했다. 그러자 천존 장군이 앞에 나서며 다시 신라군을 독려했다.

"전장에서 죽고 사는 일은 흔한 일이다. 군사들이여, 당황하지 말고 공격하라! 저놈들을 한 놈도 살려 두지 말고 도륙하라!"

천존 장군이 칼을 휘두르며 군사들을 독려하자, 잠시

주춤해 있던 신라군의 공격이 다시금 맹렬해졌다. 신라
군의 함성이 성 밖에 가득했다. 드디어 성문이 깨져 신
라군이 성안으로 물밀듯이 밀려들어왔다.

이미 벌써 여기저기 칼에 베이고 창에 찔려 만신창이
가 되다시피 한 찰기방 장군이 숨 가쁘게 계륵치를 찾았
다. 계륵치는 성안으로 밀려드는 신라군을 향하여 정신
없이 화살을 날리고 있었다.

"계륵치야, 우리 덕안성의 운명은 이것으로 다했다.
어서 성을 탈출하거라. 그리하여 훗날을 기약하거라. 어
서 가라!"

신라군을 향하여 칼을 휘두르던 찰기방 장군이 계륵
치에게 소리쳐 말했다. 끝까지 저항하던 백제 수복군은
거의 죽고 얼마 남지 않았다. 성안으로 진입한 신라군들
은 닥치는 대로 수복군에게 분풀이 하듯이 칼로 베고 창
으로 찔렀다.

계륵치는 찰기방 장군에게 작별 군례를 허리를 깊게
숙여 표했다. 찰기방 장군의 얼굴에 잔잔한 웃음이 번졌
다. 이어서 계륵치는 계단을 내려가며 닥치는 대로 신라
군을 칼로 쳐 쓰러뜨리고 말을 찾았다. 마침 말이 계단

아래 매여져 있었다. 계륵치는 말 위에 훌쩍 올라 바람처럼 말을 몰아 성안을 빠져나갔다. 이 날 덕안성 전투에서 찰기방 장군을 비롯하여 백제 수복군 1천여 명이 죽었다.

계륵치는 정신없이 말을 달렸다. 말을 달리는 내내 얼굴에서 뜨거운 눈물이 흘러내렸다. 찰기방 장군의 고함 소리와 백제 수복군들의 비명 소리가 귀에 쟁쟁했다.

'아, 이대로 백제를 수복하려는 꿈이 무너지는 것인가? 영원히 우리 백제는 이 땅에서 사라지는 것인가? 아, 하늘도 무심하구나. 아버지, 아버지...'

계륵치는 말을 달리면서 하늘을 올려다보며 탄식을 했다. 잔뜩 찌푸리던 하늘에서 비가 내리기 시작했다. 시간이 갈수록 빗줄기는 점점 굵어졌다. 앞이 안 보일 정도로 비가 퍼부었다. 번개가 치고 천둥이 울렸다.

백제 수복군의 원한이 하늘에 사무친 듯 비가 퍼붓기 시작했다. 계륵치는 말의 고삐를 당겨 말의 속도를 줄였다. 퍼부은 빗줄기로 개천의 물이 불어나 흙탕물이 꽐꽐대며 흘렀다. 어디로 가서든 비를 피해야 했다. 무작정 성을 빠져나와 어디가 어디인지 방향을 잡을 수가 없었다.

성이 있던 산을 빠져나오자 평지가 이어졌다. 아무 데라도 인가를 찾아야 했다. 그러나 아무리 둘러봐도 인가는 보이지 않았다. 계륵치와 말은 비에 흠뻑 젖어 그야말로 물에 빠진 생쥐 꼴이었다.

계륵치는 따각거리는 말발굽 소리를 들으며 벌판을 쉼 없이 갔다. 한여름의 벌판은 벼들이 퍼렇게 자라고 있었다. 논 가운데서 뜸부기가 울었다. 뜸 뜸 뜸... 뜸부기의 울음소리가 애처롭게 들려왔다.

'아 저 뜸부기가 내 마음을 아는 듯 우는구나...'

계륵치가 뜸부기가 우는 논을 바라보며 혼잣말을 했다. 그때였다. 도롱이를 둘러쓴 노인이 논 가운데서 걸어 나오고 있었다. 비가 쏟아지자 논물을 보러 나온 노인이었다.

"어르신, 여기 어디 비 좀 피할 수 있는 곳이 없겠습니까?"

계륵치의 묻는 말에 노인이 놀라는 빛을 보였다. 하긴 비가 억수로 쏟아지는 들판에 낯선 사람이 나타나 말을 거니 놀랄 만도 했다. 더군다나 말을 타고 무장을 한 무사였으니 더욱 그러했다.

"아니, 댁은 뉘시오? 이렇게 비가 쏟아지는 벌판에 왜 계시는 거유?"

노인이 놀란 눈을 하며 느린 말씨로 물었다.

"예... 길을 잃었습니다. 비도 오고하여 주막이라도 있으면 비를 피해길까 합니다."

계륵치가 조심스럽게 노인의 눈치를 살피며 물었다. 혹시나 노인이 신라인이면 신라군에게 신고할 수도 있었다.

"이런 곳에 주막이 어디 있겠소. 내 일을 보고 집으로 들어가니 괜찮다면 우리 집에 가서 비를 피하다 가시오."

노인이 논둑에서 나오며 계륵치를 힐끗 보며 친절하게 말했다.

"고맙습니다. 어르신."

계륵치는 노인의 안내로 마을로 들어섰다. 마을이라고는 하나 다 쓰러져 가는 초가 서너 채가 있을 뿐이었다. 노인의 집도 다 쓰러져 가는 집이었다. 집에 들어서자 마루에 앉아 콩깍지를 까고 있던 할머니가 할아버지를 맞이했다.

"웬 비는 이리 쏟아지누 그래. 영감, 그런데 저 분은 뉘시우?"

할머니가 눈이 침침한지 눈을 부비며 할아버지와 같이 집 안으로 들어서는 계륵치를 보며 물었다.

"논에서 만났다우. 비가 쏟아져서 비를 좀 피하려고 우리 집으로 온 것이우."

할아버지가 빗물이 줄줄 흐르는 도롱이를 벗어 문간 옆에 걸어두며 말했다.

"어르신, 비가 오는데 신세를 좀 지겠습니다."

계륵치가 불안한 눈으로 힐끗거리는 할머니에게 말하고 위에 걸친 옷을 벗었다.

"보아하니 군사인 것 같구려. 어느 나라 군사요?"

할머니가 계륵치를 보며 물었다.

"예, 백제 수복군입니다."

"아이구, 내 그럴 줄 알았소. 반갑구려. 우리도 백제인이라오. 소문에 의하면 덕안성에서 신라군과 큰 싸움이 있다고 들었는데 거기서 오는 길이오?"

할머니가 조금 전 태도와 달리 손으로 무릎을 톡톡 치며 물었다.

"할멈, 궁금한 것도 많수. 젊은이 옷 좀 갈아입게 몸에 걸칠 거라도 좀 내오우."

할아버지가 핀잔 투로 할머니에게 말했다.

"아유, 내 정신 좀 봐. 잠깐만 기다리시우. 변변한 옷은 없지만 예전 아들애가 입던 옷이 어디 있을 거유."

할머니가 말하고 안으로 들어갔나. 삼시 후, 할머니는 허름한 옷 한 벌을 찾아왔다.

"옜소, 이거라도 갈아입고 계시우."

"고맙습니다. 그런데 아드님은 집에 안 계시나 봅니다."

"집이 다 뭐유. 아들 셋이 다 군사로 징발되어 신라군과 싸우다 죽었다우. 세상에 어디 이런 일이 다 있수…"

할머니가 한숨을 길게 쉬며 치맛자락을 들어 올려 눈가를 닦았다.

"할멈, 그런 말을 젊은이에게 왜 해? 세상이 어지러워서 그런 걸…"

할아버지가 푸념조로 말했다. 계륵치는 두 노인네의 말에 아무 말도 못했다. 나라가 망하니 백성들의 삶 역시 편안치 못했다. 장성한 아들은 모두 전쟁터로 끌려

나가 죽었다. 계륵치는 노인네의 집에서 따뜻한 밥 한 끼를 대접받고 비가 그치자 길을 나섰다.

# 9. 무사의 길은 험난하다

계륵치는 어머니가 계시는 집으로 말을 달렸다. 일단 집으로 돌아가 어머니를 뵌 다음 후일을 생각하고자 했다. 어머니와 부용차련이 무사히 잘 있는지도 궁금했다. 날이 저물어 어두워졌다. 어디든 가서 하룻밤을 묵어야 했다. 그러려면 사람이 살고 있는 마을을 찾아야 했다. 하지만 가도 가도 산과 들뿐이었다.

말도 지쳤는지 내딛는 발걸음에 힘이 없었다. 지칠 만도 했다. 말 못하는 동물이라 말을 못할 뿐 지치지 않을 수가 없었다. 일단 말에게 풀을 뜯기고 쉬어 가기로 했다. 마침 냇둑에 풀이 무성하게 자라 있었다.

"워어, 자, 잠깐 쉬었다 가자."

계륵치가 말에서 내려 고삐를 쥐고 냇둑으로 향했다. 냇둑에 다다른 계륵치는 말의 고삐를 놓아주며 말했다.

"여기까지 나를 태우고 오느라 고생했다. 네 비록 동물이지만 너 역시도 시대를 잘못 만나 고생이 많구나. 자, 실컷 풀을 뜯어먹어라. 배가 부르면 또 가자구나."

말은 계륵치의 말을 알아들었는지 못 알아들었는지 냇둑에 들어가 풀을 뜯기 시작했다. 계륵치는 한참 동안 풀을 뜯는 말을 들여다보다가 냇둑으로 내려갔다. 물이 시원스럽게 흘러가고 있었다. 흐르는 물에 얼굴을 씻고 팔과 다리를 씻었다. 조금 전까지 서로 죽고 죽이는 살벌한 전투를 치른 것 같지 않게 한가로웠다. 그리고 보면 살고 죽는 것은 한순간이었다. 생과 사는 따로 있는 것이 아니라 같이 있었다.

냇물 속을 송사리들이 무리지어 유영하고 있었다. 예전 평화로운 시절 냇가에서 벗들과 어울려 고기를 잡아 천렵을 했던 기억이 났다. 그때가 언제인지 아득했다. 벗들도 신라와 당나라의 전투에 참전했다. 따라서 살아 있는 친구보다 죽은 친구들이 더 많았다.

계륵치가 냇물에 발을 담그고 모처럼의 여유를 즐기고 있을 때였다. 어디서 다급하게 달려오는 말발굽 소리가 들려왔다. 계륵치는 재빠르게 냇가를 벗어나 말이 있는 곳으로 달려갔다. 계륵치가 있는 방향으로 서너 명의 군사들이 말을 타고 달려오고 있었다. 분명 신라군일 터였다. 세특치는 칼과 활과 화살을 말에서 내려 풀숲에 숨겼다.

가까이 다가온 군사들이 계륵치를 발견하고 말을 멈추었다. 차림새로 보아 신라군이었다.

"너는 누군데 여기에서 뭐하고 있는 거냐?"

얼굴에 길게 칼자국이 난 군사가 말 위에서 계륵치를 내려다보며 물었다. 계륵치는 순간 당황하였으나 침착하게 물음에 답했다.

"네, 집으로 가는 길에 잠깐 쉬고 있습니다."

"그래? 네 집이 어디냐?"

군사가 의심쩍다는 표정으로 다시 물었다.

"네 부여 사비도성 근처 반조원입니다."

"그러냐? 사비도성이면 예전 백제 땅이 아니더냐?"

"그러합니다."

계륵치가 거침없이 물음에 답했다.

"그럼 너는 백제인이냐?"

칼자국 난 군사가 눈썹을 꿈틀거리며 물었다.

"그렇습니다. 백제인입니다."

"백제인이라… 가만 있자, 여보게, 자네 백제인 중에 우리가 찾는 젊은 백제 군사를 그린 초상을 가지고 있지?"

칼자국 난 군사가 옆의 군사에게 물었다.

"가지고 있지. 잠깐 기다리게."

옆의 군사가 품에서 부스럭거리며 초상화를 찾았다. 계륵치는 긴장이 되어 마른침을 삼켰다. 젊은 백제 군사라면 그리고 신라군에서 초상화까지 그려 찾는 사람이라면, 자기일 거라는 생각이 문득 들었다.

신라군도 보는 눈이 있으니 전투 중에 유난히 무예가 뛰어난 백제 군사가 활약을 한다면, 그가 누가 됐든 사로잡거나 죽이려고 할 것이었다. 계륵치는 만약의 경우를 대비해 저들의 반응에 따라 즉각 공격할 태세를 갖추었다.

"가만 있자."

얼굴에 칼자국 난 군사가 눈을 가늘게 뜨고 계릉치를 살펴보았다. 옆의 두 군사 역시 계릉치의 위아래를 살펴며 만약의 경우를 대비하려는 듯 칼자루에 손을 가져갔다.

"너 지금 어디서 사비도성으로 가는 길이냐?"

칼자국 난 군사가 여전히 의심을 풀지 않고 계릉치에게 물었다.

"그러하고 일반 백성이 말을 타고 간다? 여보게, 이놈이 타고 가는 말을 좀 살펴보게."

칼자국 난 군사가 대뜸 놈 자를 붙이며 옆의 군사에게 명령하듯 말했다.

"알았네."

명령을 받은 군사가 말에서 내려 계릉치의 말에게로 다가갔다.

계릉치는 신라군이 찾는 사람이 자기라는 것이 곧 발각될 것을 알았다. 그렇다면 지체할 이유가 없었다. 계릉치는 재빠르게 풀숲에 숨겨든 칼을 꺼내 들고 다가오는 신라군에게 휘둘렀다. 일시에 급습을 당한 신라군이 비명을 지르며 쓰러졌다. 그러자 말 위에 타고 있던 칼자국 난 신라군이 소리쳤다.

"네놈이 우리가 찾는 백제 놈이로구나!"

칼자국 난 신라군이 칼을 빼어 말 위에서 훌쩍 내려 계륵치를 공격했다. 나머지 신라군도 칼과 창을 휘두르며 달려들었다.

"네놈이 분명 우리가 찾는 백제 놈이냐?"

칼자국이 난 신라군이 계륵치에게 칼을 겨누며 물었다.

"그렇다. 내가 바로 너희 놈들이 찾는 백제 무사 계륵치다!"

"허허허, 그렇구나. 보아하니 어린놈이 얼마나 무예 솜씨가 뛰어나기에 우리 신라에서 네놈 초상까지 그려 잡으려 하는지 오늘 보게 되었구나."

칼자국 난 신라군이 빈정거리며 계륵치를 노려보았다.

"그래, 잘 보아라. 나의 무예는 우리 백제를 수복시켜야겠다는 일념에서 나오는 것이다. 너희 신라는 우리 백제의 원수다."

계륵치가 칼을 겨누며 침착하게 말했다.

"허허, 어린놈이 제법이구나. 우리 신라에도 너와 같은 화랑이 있다. 이번 너희 백제를 멸망시키는 데 대단한 활약을 하였다."

칼자국 난 신라군이 자부심 가득한 표정으로 계륵치를 노려보며 말했다.

"나도 알고 있다. 너희 신라 놈들은 비겁하게도 나이어린 화랑들을 싸움터에 내세웠다. 황산벌 싸움에서도 반굴과 관창을 앞세웠지. 계백 장군께서 붙잡힌 관창을 죽이지 않고 되돌려 주었건만, 너희 놈들은 고마워하지 않고 다시 싸움터로 내몰았다. 너희 신라 놈들은 비겁한 놈들이다!"

계륵치가 칼자국 난 신라군에게 소리쳤다.

"허허허, 잘도 알고 있구나. 우리 신라의 화랑은 싸움터에서 죽으면 죽었지 물러나거나 항복하지 않는다. 바로 그게 화랑이 지켜야 할 계명 다섯 가지 중 하나인 임전무퇴(臨戰無退)이다. 화랑 반굴과 관창은 그걸 몸으로 보여주었다. 그리하여 우리 신라군이 너희 백제 5천 결사대를 전멸시키지 않았느냐?"

칼자국 난 신라군이 자랑스럽다는 듯 입가에 웃음을 흘리며 말했다.

"네놈하고 더 이상 말씨름하고 싶지 않다. 더 이상 말이 필요 없으니 덤벼라!"

계륵치가 소리를 지르며 칼자국 난 신라군을 향하여 칼을 휘둘렀다. 칼자국 난 신라군이 계륵치가 휘두른 칼날을 피하며 반격을 했다. 이후에도 서너 차례 접전을 했다. 그러나 칼자국 난 신라군은 계륵치의 적수가 되지 못했다. 계륵치가 재차 공격하는 신라군의 칼날을 피하며 빈틈을 보인 신라군의 배를 깊이 찔렀다. 칼에 찔린 칼자국 난 신라군이 날카로운 비명을 질렀다. 그러자 남은 군사 한 명이 순식간에 자기 동료 두 명이 눈앞에서 계륵치의 칼에 쓰러지자 당황했다.

"네놈이... 네놈, 어린놈이 무예가 보통이 아니로구나..."

신음을 하듯 입속으로 말을 굴리던 신라군이 계륵치를 향해 무섭게 칼을 휘둘렀다. 칼 휘두름의 빠르기가 이루 말할 수 없이 빨랐다. 계륵치는 바짝 긴장을 하며 신라군의 칼날을 피하여 공격과 방어를 했다. 신라군도 계륵치의 칼날을 이리저리 피하며 공격을 했다. 아무도 없는 벌판에서 두 사람의 접전이 살벌하게 벌어졌다.

이윽고 승부가 났다. 계륵치는 신라군이 내리치는 칼

날을 옆으로 살짝 피하며 신라 군사의 옆구리에 칼을 깊이 박았다. 신라 군사가 어이없다는 표정을 지으며 눈을 크게 뜨고 입을 벌렸다. 그 모습을 한동안 바라보던 계륵치가 깊숙이 박힌 칼을 쑤욱 뽑았다. 그러자 신라군의 몸이 빙그르 한 바퀴 돌아 다시 계륵치를 향해 섰다.

신라군이 벌린 입으로 무슨 말인가를 할 듯했다. 그러나 정작 말이 나오지는 않았다. 잠시 칼에 찔린 옆구리를 움켜쥐고 있던 신라군이 눈을 크게 뜬 채 고목이 쓰러지듯 쿵 소리를 내며 넘어갔다.

계륵치는 피 묻은 칼을 쓱쓱 닦아 칼집에 꽂았다. 그러고는 이마에 흐르는 땀을 팔뚝으로 문질러 닦은 후 말에 올랐다. 계륵치는 땅바닥에 쓰러져 있는 신라군들을 힐끗 쳐다보았다. 그리고 난 후 말머리를 돌려 말에 박차를 가했다.

어머니는 무사했다. 하지만 부용차련은 무사하지 못했다.

"아이구, 계륵치야. 네가 오다니 꿈만 같구나. 아이구, 계륵치야. 부용차련이... 부용차련이..."

어머니가 말을 잇지 못하고 울기부터 했다. 그동안 집 안에 무슨 일이 있었던 모양이었다. 예상을 하지 않았던 일은 아니었으나 현실로 나타나니 애가 탔다.

"어머니, 어머니, 진정하세요."

계륵치가 어머니를 부축하여 마루로 올라갔다.

"아이구, 계륵치야... 신라 놈들이 부용차련을 부용차련을 잡아... 잡아갔단다."

감정이 격해 어렵게 한마디하고 어머니가 마룻바닥을 치며 통곡을 했다.

드디어 올 것이 오고야 말았다. 계륵치는 이를 악물었다. 저놈들이 부용차련을 가만 놔둘 리가 없었다. 지난 번 집에 왔다가 돌아갈 때 백제인 첩자들을 처치하였을 때부터 낌새가 이상했었다. 신라군은 계륵치의 집에 젊은 여자가 들어오고 계륵치가 드나들 때부터 집을 집중 감시하고 있었던 것이다.

"어머니, 부용차련을 어디로 잡아갔는지 아십니까?"

잠시 후 진정이 된 어머니를 보고 계륵치가 물었다.

"모른다. 갑자기 신라군이 들이닥쳐 부용차련을 끌고 갔으니 어디로 갔는지 알 수가 없구나. 이를 어쩌면 좋단 말이냐?"

어머니가 말을 하고 한숨을 길게 쉬었다. 그때였다. 옆집에 덕쇠 엄마가 주변을 두리번거리며 살피더니 집 안으로 쑥 들어왔다.

"쉿! 조용하거라. 계륵치야, 내가 낭자가 끌려간 데를 알고 있나."

덕쇠 엄마가 계속 주위를 두리번거리며 조심스럽게 말했다.

"아니, 아주머니가 부용차련이 끌려간 곳을 알고 있다고요?"

계륵치가 덕쇠 엄마의 말에 눈을 둥그렇게 뜨고 물었다. 어머니 역시 덕쇠 엄마의 말에 반색을 하며 팔을 덥석 잡았다.

"아이구, 덕쇠 엄마, 그게 사실이유?"

"그래요. 내가 그날 신라군들이 하는 말을 들었다우. 그놈들이 말하길 낭자가 얼굴도 반반하고 일도 잘할 것 같다면서 사비도성 안에 거하는 신라 장수의 집 하녀로 데리고 간다고 합디다."

"저런 저런 몹쓸 놈들 같으니라고. 아무리 나라가 망

했어도 남의 집 귀한 딸을 잡아다 하녀로 쓰다니... 세상에 이런 법이 어디 있느냐? 아이구, 부용차련아..."

어머니가 다시 울음을 터뜨리며 장탄식을 했다.

"어머니, 진정하세요. 부용차련이 어디 있는 곳을 알았으니 제가 꼭 구해 오겠습니다. 아주머니, 낭자가 잡혀간 곳을 알려주셔서 고맙습니다."

계륵치가 덕쇠 엄마에게 고맙다는 인사를 했다.


다음 날. 계륵치는 사비도성으로 길을 떠났다. 우선 사비도성으로 가서 부용차련이 잡혀간 신라 장수의 집을 알아보는 것이 급선무였다. 그 다음 부용차련을 구해 낼 방법을 강구해야 했다.

오랜만에 와보는 사비도성은 예전과 달리 많이 변해 있었다. 나당 연합군의 공격으로 폐허가 되다시피 한 성이 재건이 되어있었다. 그러나 아직까지 곳곳에 망국의 수도 백제성으로서의 흔적이 곳곳에 남아 있었다.

성안은 활기를 되찾았다. 거리마다 사람들로 붐볐고 장사치들이 거리에 물건을 늘어놓고 팔고 있었다. 사람은 망각의 동물이다. 세월이 흐르면 아픔도 고통도 잊었

다. 죽음도 슬픔도 절망도 잊을 수가 있었다. 그리하여
현실에 안주하여 살았다. 그게 인간이었다.

계륵치는 먼저 주막을 찾아들어 갔다. 사람들이 많이
드나드는 곳이므로 이런저런 소식을 들을 수 있는 장소
이기도 했다. 집에서 일찍 나온 터라 배가 고프기도 했다.

"주모, 여기 술하고 국밥 좀 주슈."

"여기도 빨리 좀 줘요. 배가 고파 배가 창자가 들러붙
게 생겼수."

"여기 술 좀 더 줘."

여기저기 자리를 잡고 앉은 사람들이 국밥이나 술을
연신 주문을 하고 재촉을 했다.

계륵치는 안마당에 넓게 깔려 있는 멍석 한 귀퉁이에
자리를 잡고 앉았다. 평상은 사람들로 자리가 없었다.
자리를 잡고 앉은 계륵치는 주막 안을 둘러보았다. 성안
에 있는 주막이라 그런지 규모가 컸다. 흙과 돌을 섞어
친 돌담 곁으로 커다란 느티나무 두 그루가 무성한 잎으
로 그늘을 만들었다. 뒤란 쪽으로는 감나무 여러 그루가
있어 운치가 있었다.

주막이 국밥을 먹는 사람들로 웅성거렸다. 평민들과

장사치들이 대부분이었으나 복장으로 보아 벼슬아치들도 몇몇 눈에 뜨였다. 계득치 역시 마당을 왔다 갔다 하며 시중을 드는 사내애에게 국밥을 주문했다.

잠시 후 국밥 한 그릇과 반찬 한 가지가 나왔다. 그때 옆자리에서 국밥을 먹고 있던 장사치로 보이는 사람이 말을 걸어왔다.

"젊은 사람이 밥을 혼자 먹는구려."

"예, 그렇습니다."

계득치가 장사치를 힐끗 건너다보며 대답했다. 일행인 듯한 사람 셋이 밥을 먹고 있었다.

"여기 성내에 살지 않수?"

"그러합니다."

"우리는 여기저기 떠돌아다니며 장사를 하는 사람이오. 보아하니 백제인 같소."

장사치가 계득치의 모습을 유심히 살피며 말했다.

"나라가 망해 없어졌는데 이제 와서 백제인 신라인의 구분이 뭐가 필요하겠습니까?"

계득치가 혹시나 하는 생각으로 마음에 없는 말을 했다.

"그렇긴 하오. 망한 나라 백제를 이제 와서 생각한들 무엇 하겠소만…"

장사치가 여운을 남겼다. 그러고 보니 무심하게 보았던 장사치들의 모습이 그냥 평범한 장사치들로 보이지 않았다. 눈매도 예사롭지 않았다. 계륵치는 짐작한 바가 있어 주위를 살피며 장사치에게 넌지시 말했다.

"저 혼자 밥을 먹느라 좀 그랬는데 같이 합석해서 먹어도 되겠는지요?"

"좋습니다. 여기로 와서 같이 밥을 먹구료. 술도 한잔 하고."

장사치가 계륵치의 말에 쾌히 승낙을 했다.

"보아하니 나이는 어린 듯허나 예사롭지 않아 보이는구려."

"별말씀을 다 하시는군요. 평범한 백제 백성일 뿐입니다."

계륵치가 아무렇지 않게 대답했다.

"그러하오. 그러나 내 눈엔 그렇게 보이지 않습니다그려. 자, 내 술 한 잔 받으시오."

장사치가 슬쩍 말을 흘리며 계륵치에게 술을 권했다.

"전 아직 술을 못합니다. 대신 제가 한 잔 따르겠습니다."

계륵치가 장사치의 손에서 술병을 받아 세 사람 모두에게 술을 따랐다.

"고맙소. 이것도 인연이라면 인연인데 여기 우리 일행을 소개하겠소. 이 사람은 벅수라 하오. 그리고 이 사람은 길섭이오. 난 청개라 하고."

청개라는 자가 일행을 소개했다. 이름을 불린 두 사람이 계륵치에게 눈인사를 했다. 다들 말이 없고 과묵했다.

"처음 뵙겠습니다. 저는 계륵치라 합니다."

계륵치가 이름을 말하고 고개를 숙였다.

"방금 뭐라고 했소? 계륵치라 하였소?"

청개라고 하는 사람이 계륵치의 이름을 듣고 놀라는 빛을 보였다.

"그러합니다. 제 이름이 계륵치입니다."

"아니, 그럼 백제 수복군의 무사 계륵치란 말이오?"

청개라는 사람이 눈을 크게 뜨며 물었다. 일행 두 사람도 계륵치라는 이름을 듣자 놀라는 표정을 지었다.

"그렇습니다."

"아니, 우리 수복군의 용맹무쌍한 무사를 여기서 보는구려."

계륵치의 대답을 듣고 벅수라는 사람이 뜻밖이라는 듯이 말했다.

"아이구, 반갑소이다. 우리도 백제 수복군이오. 이렇게 반가울 수가… 백제 수복군 사이에서 셰륵치 님의 무공은 널리 소문이 나 있소이다. 우리는 장사치로 변장하여 성내로 들어와 신라군의 동정을 염탐하고 있소. 머지않아 우리 수복군과 나당 연합군 사이에 큰 전쟁이 벌어질 것이오."

청개라는 사람이 주위를 살피며 계륵치에게 은밀하게 속삭이듯 말했다.

"그렇습니까?"

뜻밖의 소식에 계륵치는 놀라며 물었다.

"쉿! 작게 말하시오. 누가 들을지도 모르오."

청개라는 사람이 주위를 둘러보며 조심스럽게 말했다. 청개의 주의의 말에 계륵치는 주위를 살피며 목소리를 낮추어 물었다.

"그게 언제쯤입니까?"

"정확한 날짜는 모르나 곧 있을 것이오. 이번에는 나당 연합군이 대규모로 군사를 동원할 것이오. 우리 수복군의 숨통을 끊으려고 말이오, 이에 대비해 우리 수복군도 일본에 구원군을 요청하여 일본에서도 대규모 구원군을 파병할 것이라 하오."

청개라는 사람이 놀랄 만한 소식을 전해 주었다. 계륵치는 청개의 말에 입이 벌어질 정도로 놀랐다. 만약 청개의 말이 사실이라면 이번 전쟁은 백제 수복군의 운명을 가를 수 있는 전쟁이 될 것이었다. 더군다나 일본에서 대규모의 구원병을 파병한다면 단순히 백제 수복군과 신라와의 전쟁이 아니라 백제와 신라, 당나라와 일본까지 네 나라가 싸우는 국제전이 될 것이었다.

"그게 사실이라면 이번 전쟁은 엄청난 전쟁이 되겠군요. 우리 백제의 운명이 걸린 전쟁..."

계륵치가 감정이 격해 말을 끝맺지 못했다.

"그렇소. 이번 전쟁의 승패에 따라 우리 백제를 수복할 수 있느냐 영원히 역사에서 사라지느냐 갈림길에 놓이는 거지요."

청개라는 사람이 굳은 얼굴로 말했다. 청개의 말에 계

륵치를 비롯하여 나머지 두 사람의 얼굴에도 비장함이
흘렀다.

세 사람의 백제 수복군은 사비도성에 잠입하여 정보
를 알아내고 신라군과 당나라의 군사 정보를 탐지하기
위한 첩자였던 것이다. 계륵치는 이들 세 명의 군사와
같이 행동하며 나당 연합군의 기밀을 알아내기로 했다.
그러다 보면 부용차련이 어디에 잡혀가 있는지도 알 수
있을 것이라 생각했다.

# 10. 칼날 위의 칼날은 빛을 뿌리고

"저들의 준비가 철저한 듯하다. 식량 창고에 양곡도 가득가득하고 무기 역시 엄청나네. 군사의 수도 엄청나고 말이야. 이번 전투는 만만한 전투가 아니겠어."

사비도성 안의 나당 연합군 군막을 둘러보고 온 청개가 심각한 표정을 지으며 말했다. 일행 두 사람의 얼굴 표정도 굳어있었다.

"그렇습니다. 군마의 수도 엄청 나더군요. 당나라 군사들을 보니 본국에서 지원병이 더 온 듯합니다."

길섭이 염탐하고 온 것을 말했다.

"무기의 종류도 많지만 군사들도 정예병만 온 것 같습

니다."

이번에는 벅수가 말했다. 세 첩자가 각자 염탐해온 것을 말하자 계륵치가 뒤이어 보고했다.

"신라 장수 놈들 집에도 군사들이 많았습니다. 군막에 군사들이 거하였지만 장수 놈 집에도 군사들이 진을 치고 있는 걸 보니 출선할 날이 머지않은 것 같습니다."

계륵치는 성안에 살고 있는 신라 장수의 집을 염탐했다. 염탐도 염탐이지만 부용차련이 잡혀간 곳을 알아내기 위함도 있었다.

"그렇네. 분위기가 심상치 않은 걸 봐서 놈들이 머지않아 출전을 할 것이야. 단단히 대비하지 않으면 안 될 것이야. 그래서 오늘 밤 신라 장군의 집 한 군데를 급습하여 신라 장수의 목을 따야 하겠어. 출전을 앞두고 신라군의 사기를 꺾어 놓을 필요가 있단 말이야. 그 일에 우리 네 사람이 다 갈 필요는 없고 길섭이 자넨 이 길로 수복군에 달려가 그동안 염탐한 것을 알리게."

청개가 길섭에게 명령했다. 길섭이 청개의 말에 고개를 숙였다.

"오늘 밤 축시(밤1시~3시)에 급습한다. 그동안 저녁을 든든히 먹고 좀 쉬게."

말을 마친 청개가 방바닥에 벌러덩 누웠다. 길섭은
바로 말을 타고 수복군이 주둔하고 있는 성으로 떠났다.
계륵치는 방 안을 나왔다. 집주인의 아내가 부엌에서 저
녁을 짓고 있었다. 남편은 마당 한쪽에서 닭을 잡았다.
오늘의 거사를 위해서 든든히 먹어둬야 하기에 닭을 잡
는 것이리라.

"젊은이, 밥이 될 때까지 쉬지 왜 나왔는가?"

집주인이 계륵치를 보고 말했다. 집주인은 중노인으
로 수염이 허옇게 나고 머리에는 갈대로 만든 모자를 쓰
고 있었다.

"예, 잠깐 바람 좀 쐬러 나왔습니다."

"그러한가? 오늘 밤 거사를 치른다하니 걱정이 되는
모양이구려."

"아... 아 아닙니다."

계륵치가 당황하여 말을 더듬었다.

"허허, 왜 아니 그러겠는가? 망한 나라 백제를 다시 수
복하기 위해 목숨을 걸고 싸우는 젊은이가 대견해 보이
기도 하지만 안됐기도 하네."

집주인이 계록치를 보고 쓴웃음을 지었다. 집주인은 계록치를 비롯하여 방 안에 있는 수복군이 얼마나 어려운 일을 하고 있는지 잘 알았다. 그야말로 언제 어디서 어떻게 죽을지 모르는 것이 이들의 삶이었다. 따라서 하루하루의 삶이 긴장된 삶이었고 이는 모든 백제 수복군의 삶이기도 하였다.

"어르신, 여기에 사신 지는 오래 되었습니까?"

"우리 조부 때부터 살았으니 우리 아들까지 하면 삼대가 사는구먼"

닭을 손질하여 물로 씻으며 집주인이 말했다.

"그럼 성내의 돌아가는 사정도 잘 아시겠군요?"

계록치가 집주인에게 가까이 다가가며 물었다.

"웬만한 사정은 알고 있소만. 그런데 그건 왜 묻소?"

"예, 사람을 찾으려고 해서요. 백제 여자인데 부용차련이라고 혹시 이름을 들어보셨습니까?"

계록치가 집주인의 눈치를 살피며 넌지시 물었다.

"부용차련이라고 하였소?"

집주인이 눈을 가늘게 뜨며 생각을 하는 듯하다가 계록치에게 되물었다.

"예, 부용차련이라고 나이는 한 열여섯에서 많으면 일곱 정도 되었습니다."

"신라 관리들이나 장수들 집에는 우리 백제인 노비가 많이 살고 있소. 나도 신라인들의 농사일을 거들며 살고 있소이다. 노비 중에는 나이 든 사람도 있고 나이 어린 사람들도 있으니 그들 중에 혹시 있을지 모르겠소."

"그들 중에 혹시 유독 눈에 띄는 나이 어린 여자는 없었는지요?"

계륵치가 점점 조바심이 일어 재촉하듯 물었다.

"가만 있자. 그러고 보니 품갈 장수네 하인 여자애가 눈에 뜨이오. 그 여자애가 젊은이가 찾는 부용차련인지는 모르겠으나 품기는 기품이 예사 여자애 같지 않았소이다."

"그래요? 품갈 장수네 집이 어디입니까?"

계륵치는 집주인으로부터 신라 장수 품갈 장군의 집을 알아내었다. 오늘 밤 거사의 대상은 품갈 장수로 정해도 될 듯했다. 계륵치는 방으로 들어갔다. 청개와 벽수는 자리에서 일어나 무기를 점검하고 있었다.

"자네도 준비를 하게."

방 안으로 들어서는 계륵치에게 청개가 말했다.

"예, 알겠습니다. 청개 군사님, 오늘 밤 급습할 신라 장수네 집을 알아두었습니다."

계륵치가 무명보자기에 둘둘 말아두었던 칼을 꺼내며 청개에게 말했다.

"그래? 그 장수가 누군가?"

"품갈이라 합니다."

"품갈? 자네 지금 품갈이라고 하였나? 품갈이라면 예전 옹산성 전투에서 우리 백제 수복군에게 패배를 안겨준 신라 장수 놈이다."

청개가 품갈이란 말에 눈을 부릅뜨며 이를 갈았다.

"맞습니다. 품갈, 저도 기억하고 있습니다."

벅수가 청개의 말에 고개를 끄덕이며 아는 체를 했다.

"두 분께서는 옹산성 전투에서도 같이 싸우셨나요?"

"아니네. 우리는 그때 가림성에 있어 전투에 참가하지는 않았네. 나중에 들은 말에 의하면 옹산성 전투를 이끈 신라 장수가 품갈이라는 얘기를 들었네. 그러하니 품갈은 우리 백제 수복군의 원수이네."

"그러셨군요. 그렇다면 두 분은 언제서부터 수복군에

계셨습니까?"

"여기 벽수와 염탐을 전하러 간 길섭이와는 처음부터 나와 함께 수복군에 있었네."

청개가 벽수를 돌아보며 말했다.

"참으로 세 분의 백제를 위한 충정이 대단하십니다."

계륵치가 존경의 마음을 담아 두 사람에게 말했다.

"별말을 다 하는구먼. 그렇게 말하면 자네는 어떤가? 어린 나이에도 불구하고 목숨을 내놓고 싸우고 있지 않나. 대단한 건 우리가 아니라 자네일세."

청개가 계륵치를 바라보며 말했다.

"맞습니다."

벽수가 청개의 말에 맞장구를 쳤다.


그날 밤 축시가 되었다. 세 사람은 무장을 갖추고 집을 나섰다.

어스름 달빛이 사방을 흐릿하게 비추었다. 늦은 밤이라 사위는 고요하고 풀벌레 울음소리만 간간이 들려왔다. 시간이 늦었으므로 민가의 백성들은 한참 잠을 자고 있을 터였다. 하지만 높은 지위의 관리나 장수급 집에는 불이 훤하게 밝혀져 있었다. 집 주변 또한 경비 군사들이 지키고 있었다.

"저 집입니다. 노인이 가르쳐 준 신라 장수 품갈 장수의 집 말입니다."

계륵치가 나무 뒤에 숨어 품갈의 집을 가리켰다.

"경비 군사가 집 주변을 에워싸고 지키고 있는 걸 보니 놈의 집이 분명하군. 놈의 위세가 대단하구만. 다른 어느 집보다 경비 군사가 많은 걸 보니…으음."

청개가 낮게 신음 소리를 내뱉었다.

"정면으로 치고 들어가서는 안 되겠고, 이렇게 하지. 나와 벽수가 밖에 있는 경비 군사를 처치할 테니, 그 틈을 이용해 계륵치 자네가 안으로 잠입하여 품갈을 없애게. 품갈은 일반 무장과는 다르니 각오를 단단히 해야 하네. 알았나?"

청개가 계륵치에게 주의를 주었다.

"예, 알겠습니다. 두 분께서도 무사하시기 바랍니다."

계륵치가 결연히 말하고 나무 뒤에서 벗어났다. 청개와 벽수 역시 행동 개시에 나섰다. 청개와 벽수가 족제비처럼 날렵하게 다가가 담장 곁을 지키고 있는 경비 군사 셋을 순식간에 해치웠다. 그 틈을 이용하여 계륵치가 담장을 훌쩍 넘어 들어갔다.

후원이었다. 후원은 감나무와 석류나무, 대숲으로 우거져 있고 여러 종류의 화초들이 어우러져 아름다웠다. 안채와 사랑채 행랑채, 마구간을 비롯하여 집의 구조가 어마어마하게 컸다. 하인들이 생활하는 공간도 따로 있었다. 품갈 장군은 분명 안채에 있을 것이었다. 불이 꺼지고 어두운 것을 보니 자고 있음이 분명했다.

계륵치는 고양이 걸음으로 살금살금 안채 쪽으로 발걸음을 옮겼다. 발소리가 나지 않게 살그머니 마루에 올라섰다. 순간 들고 있는 칼날 위로 달빛이 비추었다. 계륵치는 칼자루에 힘을 주고 살며시 문을 열었다. 코고는 소리가 들렸다. 분명 품갈 장수의 코고는 소리일 터였다. 어두움 속에서 형체를 알아보기 위해 계륵치는 눈을 가늘게 뜨고 자고 있는 사람을 확인했다. 사내의 옆에 여자가 같이 자고 있었다. 품갈 장수의 아내일 것이었다.

계륵치는 칼을 높이 들어 누워있는 품갈의 목을 치려했다. 그때였다 달빛이 방 안으로 환하게 비쳐 들어왔다. 계륵치가 멈칫하며 내려치려는 손을 멈추고 머뭇거렸다.

순간 벼락같은 고함을 지르며 품갈이 벌떡 일어나 잠자리 옆에 있던 칼을 집어 들었다.

"어떤 놈이냐? 네 이놈, 너는 누구냐? 감히 누구관데 이 밤에 나를 해하려 이 방에 침입하였느냐?"

품갈이 칼을 뽑으며 고함을 질렀다. 역시 전장을 수도 없이 누빈 상수답게 품갈은 위기 대응이 빨랐다. 품갈의 고함에 그의 아내가 깨어 이불을 끌어당겨 한쪽 구석으로 주춤거리며 물러났다.

"나는 백제 무사 계륵치다. 우리 백제의 원수인 너를 처단하러 들어왔다."

계륵치가 침착하게 칼을 겨누며 말했다.

"뭐라? 백제의 무사 계륵치? 허, 네놈이 죽을 자리로 들어왔구나. 네놈이 나를 상대할 것 같으냐?"

"네놈이 우리 백제의 옹산성을 함락시킨 신라 장수라는 걸 알고 있다. 네놈을 죽여 옹산성 전투에서 죽어간 백제 수복군의 원수를 갚으려 한다."

계륵치가 품갈 장군에게 말했다.

"뭐라? 네놈이 백제 수복군의 원수를 갚아? 좋다, 그리하려무나."

품갈 장군이 계륵치를 비웃었다.

"네놈이 나를 비웃는구나. 그래 실컷 비웃어라."

"네놈에게 무슨 말이 더 필요하겠느냐. 에잇, 내 칼을 받아라!"

품갈이 말을 끝냄과 동시에 칼을 휘둘렀다. 칼 휘두름의 빠르기가 그야말로 전광석화였다. 어찌나 칼의 휘두름이 빠른지 태풍이 일듯 칼바람이 일었다. 계륵치가 이제까지 상대했던 신라군, 당군과는 비교가 되지 않았다.

계륵치는 허리를 숙여 칼날을 피함과 동시에 품갈이 베고 자던 베개를 품갈을 향해 발로 거둬 찼다. 그러자 품갈이 날아오는 베개를 단칼에 베어 버리고 숨 쉴 틈도 없이 계륵치에게 칼을 휘둘렀다. 계륵치는 방문을 칼로 베어 무너뜨리고 마당으로 뛰어내렸다. 뒤를 이어 품갈이 칼을 휘두르며 계륵치를 덮쳤다. 순간 계륵치는 다리에 숨겨 두었던 단도를 꺼내 품갈에게 힘차게 던졌다. 품갈이 자신에게 날아오는 단도를 가볍게 칼로 쳐 내었다. 단도가 쨍그랑 소리를 내며 바닥으로 떨어졌다.

"허허허, 네 이놈! 어린놈이 암수를 쓰는구나. 그러나 나에게는 어림도 없다."

품갈이 가소롭다는 표정을 지으며 큰 소리로 웃었다.

계륵치는 정신을 가다듬고 품갈의 빈틈을 노렸다. 그러나 품갈은 전혀 빈틈을 보이지 않았다. 역시 신라 최고의 장수라고 할 만했다. 또다시 몇 번 공중에서 칼이 부딪쳤다. 두 사람의 칼날 부딪는 소리가 밤공기를 갈랐다. 밖에서노 고함 소리와 비명 소리가 들려왔다. 청개와 벅수가 신라 경비 군사와 접전을 벌이고 있는 모양이었다. 시간이 흐를수록 계륵치 일행이 불리했다.

품갈 장수의 가족들과 종들이 모두 깨어 밖으로 나왔다. 마당 곳곳에 횃불이 밝혀졌다. 가족 중에 품갈 장수의 아들 둘이 칼을 뽑아 들고 계륵치와 품갈 장수가 접전을 벌이는 마당으로 뛰어왔다.

"너희들은 거기 있거라. 이놈은 나 혼자 상대해도 된다."

품갈 장수가 아들에게 말했다. 아들 둘이 계륵치에게 덤벼들려다가 품갈의 말에 주춤했다. 진퇴양난이었다. 계륵치는 이마에 흐르는 땀을 팔뚝으로 쓰윽 문질러 닦았다. 그때였다. 품갈이 아들이 나타나자 긴장을 풀어선지 빈틈을 보였다. 계륵치는 그 순간을 놓치지 않았다.

바로 땅바닥을 차고 뛰어오르며 품갈의 옆구리를 향해 빠르게 칼을 휘둘렀다. 순간 칼자루에 둔중한 느낌이 전해져 왔다. 계륵치의 칼날이 품갈의 옆구리를 벤 것이다.

품갈 장수가 주춤했다. 놀란 듯 눈을 크게 떴다. 그 기회를 놓치지 않고 계륵치가 다시금 두 번째 칼을 휘둘렀다. 오른쪽 어깨에서 아래 가슴 쪽으로 칼날을 길게 그었다. 피가 솟구쳤다. 그래도 품갈이 쓰러지지 않았다. 크게 뜬 눈으로 계륵치를 바라보았다. 입을 썰룩거렸다. 무슨 말을 할 듯 말 듯했다. 한참을 그렇게 서 있던 품갈이 고목이 쓰러지듯 쿵 소리를 내며 바닥으로 나뒹굴었다.

"아버지!"

두 아들이 동시에 아버지를 부르며 달려가 쓰러진 품갈을 안았다.

죽을 고비를 넘기며 계륵치는 사비도성을 탈출했다. 품갈 장군을 제거하는 목적은 달성했다. 그러나 부용차련의 행방은 알아내지 못했다. 밖이 소란하였으므로 부용차련이 집 안에 있었다면 밖으로 뛰쳐나왔을 것이다.

그렇지만 부용차련은 보이지 않았다.

하지만 지금은 부용차련을 생각할 겨를이 없었다. 될 수 있으면 사비도성을 멀리 벗어나야 했다. 청개와 벅수의 안부도 궁금했다. 이들도 접전 중에 죽지 않았다면 사비도성을 탈출하였을 것이다. 두 사람 모두 무사하기만을 바랐다. 말을 달려 금강 입구에 도착했다. 거의 한 시간을 쉬지 않고 달렸다. 말도 지쳤는지 연신 고개를 좌우로 흔들며 울음소리를 내었다.

계륵치는 강가로 말을 몰았다. 일단 말에게 물을 먹이고 쉬게 해야 했다. 계륵치도 한참을 말을 달려 양쪽 허벅지가 뻐근했다. 거기다가 신라장수 품갈과의 접전에서 온 힘을 다 쏟아 지칠 대로 지쳐 있었다. 말이 물가로 걸어가 물을 마셨다. 계륵치 역시 물가로 다가가 손을 씻고 얼굴을 씻었다.

날이 밝아 왔다. 이르게도 모래밭에 부지런한 물떼새들이 빠른 걸음으로 벌레를 잡으러 바쁘게 종종거리며 다녔다. 그 모습이 평화스러워 보였다. 계륵치는 잠시 물떼새들을 바라보다가 갈대가 우거진 곳으로 말을 끌었다. 말에게 풀을 먹이고 잠시 쉬기 위해서였다. 사람들의 발걸음이 뜸한 곳이긴 하지만 혹시 모를 신라군이나 당군의 눈을 피해야 했다.

계륵치는 갈대숲에서 강을 바라보았다. 계륵치의 눈에 강 가운데 배 서너 척이 정박해 있는 모습이 눈에 뜨였다. 고기를 잡는 고깃배는 아니었다. 배의 생김새도 백제의 배가 아닌 낯선 배였다. 배 돛대 부근에 기가 달려 있었다. 거리가 떨어져 있어 확인이 어려웠다.

혹시 당나라 배가 아닌가 하는 의심이 들었다. 당나라 배가 맞다면 청개 군사가 말한 나당 연합군의 대대적인 공격을 준비하기 위한 염탐꾼이 탄 배일 수도 있었다. 계륵치는 그런 생각이 들자 마음이 불안했다. 백제 수복군의 마지막 숨통을 끊기 위한 나당 연합군의 대대적인 공격이 목전에 있었다. 그야말로 위급한 순간이었다.

백제 수복군의 운명은 어찌될 것인가. 계륵치의 마음이 복잡했다. 그동안 수도 없이 죽을 고비를 넘기고 지금까지 싸워왔다. 그 와중에 백제 수복군 사이에 내분이 일어 서로 죽이고 죽고 모함하는 일도 겪었다. 아까운 장수들과 군사들이 수도 없이 죽었다. 우섭 부장, 충애, 쇠청, 충길 군사. 이번 거사를 같이 했던 청개, 벅수 군사 역시 생사를 알 수 없었다.

계륵치가 강 중앙에 정박해 있는 배를 바라보며 생각에 잠겼다. 그때였다. 말발굽 소리가 나며 군사들이 탄 말이 달려왔다. 계륵치는 본능적으로 칼과 활을 챙겨 들고 갈대숲으로 몸을 숨겼다.

말을 탄 군사 대여섯 명이 강둑길을 따라 계륵치가 있는 곳으로 다가왔다. 빠르고 격한 말투를 보니 당나라 군사였다. 당군이든 신라군이든 계륵치의 입장에서는 한 명이라도 눈에 보이는 대로 처치해야 했다. 더군다나 당군은 더욱 그러했다.

당군 대총관 소정방은 당군을 직접 이끌고 백제의 사비도성을 무너뜨린 자였으며 의자왕에게서 항복을 받아낸 자였다. 당군은 갈대숲에 계륵치가 매복해 있다는 사실을 모르고 여유 있게 말을 타고 점점 가까이 다가왔다.

계륵치는 화살집에서 화살 여섯 대를 꺼내 그중 한 대를 시위에 매겼다. 사이를 두지 말고 연속해서 쏘아야 했다. 첫 번째 화살을 날렸다. 빠르게 화살이 날아가 앞서 오던 당군의 가슴에 가서 정통으로 꽂혔다. 화살을 맞은 당군이 비명을 지르며 말 위에서 굴러떨어졌다. 바로 연이어 두 번째 화살을 날렸다. 그렇게 연거푸 세 대를 쏘았다. 화살 세 대는 날아가 당군 세 명을 말에서 떨어뜨렸다. 나머지 세 명이 말을 달려 계륵치에게 달려왔다.

"네 이놈! 네놈을 살려 두지 않겠다."

소리를 지르며 당군 세 명이 칼을 뽑아 들고 계륵치를 향해 달려들었다. 계륵치는 활을 내려놓고 칼을 뽑아 들어 달려오는 당군이 탄 말의 앞다리를 후려쳤다. 말이 앞으로 고꾸라졌다. 말 위에 타고 있던 당군이 가속에 의해 땅바닥으로 곤두박질쳤다. 계륵치는 달려가 당군이 일어날 틈도 주지 않고 당군 두 명의 목을 베어 버렸다. 나머지 한 명이 순식간에 다섯 명의 동료가 계륵치의 손에 의해 한순간에 당하자 어안이 벙벙한 모양이었다. 당군이 순간 정신을 차리고 말머리를 돌렸다. 도저히 계륵치를 당해낼 수 없다는 것을 알아차리고 삼십육계 줄행랑을 치려는 것이었다.

"이럇! 이럇! 어서 가자!"

박차를 가하며 꽁지가 빠져라 달아나려 허둥대었다. 말도 주인이 서두르는 통에 정신이 없는지 앞발을 높이 들고 히히힝 하고 콧바람을 불었다.

"이놈의 말아, 정신 차려! 이럇!"

당군이 말에 거칠게 박차를 가하고 칼집으로 말 엉덩
이를 사정없이 때렸다. 그때서야 말이 크게 한 번 울더
니 방향을 잡고 달리기 시작했다. 그 모습을 본 계륵치
가 씨익 웃고는 활시위에 화살을 걸었다. 호흡을 가다듬
고 시위를 늘였다. 잠시 후 팽팽해진 시위를 놓았다. 화
살이 포물선을 그리며 날아가 당군의 등에 퍽 소리가 나
며 꽂혔다. 당군이 그대로 뒤로 발라당 나가떨어졌다.

계륵치는 죽어 나뒹구는 당군에게 다가가 소지품을
뒤졌다. 첫 번째 화살을 맞은 당군의 품에서 서신 한 통
이 발견되었다. 다음으로 말 등에 실려 있는 보퉁이를
풀어보았다. 보퉁이를 푼 계륵치의 눈이 휘둥그레졌다.

"아니, 이게 뭐야? 은자 아니야?"

보퉁이로 싼 나무상자에 묵직한 은자가 가득 들어 있
었다.

계륵치는 당군에게서 찾은 서신과 은자가 든 보퉁이
를 말 등에 싣고 두락모이부리(현 부여군 석성면)으로 말
을 달렸다. 일단 그곳으로 가 청개와 벅수의 소식을 알
아야 했다. 거사가 끝나면 헤어지더라도 그곳에서 만나

기로 약속을 한 것이다. 사비도성에서 두락모이부리까지는 말을 달려 한 시간도 안 걸리는 거리였다.

유시(오후 6시)가 다 되어 두락모이부리에 도착했다. 여름이라 유시가 되었어도 한낮이었다. 논과 밭에서 일하는 사람들이 보였다. 계륵치는 마을 입구에서 말을 내려 걸었다. 조금 더 걸어가자 커다란 느티나무가 보였다. 느티나무는 마을 정자나무의 역할을 하는 듯했다. 나이 많은 노인 몇이 느린 듯 한가롭게 이야기를 나누고 있었다.

계륵치는 쉬어갈 겸 마을의 동정을 살필 겸해서 천천히 느티나무 쪽으로 걸어갔다. 노인들이 말을 끌고 오는 계륵치를 호기심 어린 눈길로 바라보았다.

"어르신들 평안하십니까? 여기서 잠시 쉬어가도 되겠지요?"

계륵치의 말에 수염을 길게 늘어뜨린 노인이 계륵치의 행색을 살피며 말했다.

"그런데 젊은이는 어디를 가는 길이요? 말을 타고 가는 걸 보면 예사 젊은이는 아닌 것 같소이다."

"예, 일이 있어 사현성(현 충남 공주시 정안면)에 갔다가

오는 길입니다."

계륵치가 천연덕스럽게 노인의 묻는 말에 대답했다.

"그러우. 먼 길 갔다 오는구려. 여기 앉아서 쉬었다 가
시우"

노인이 자리를 권하며 말했다.

"고맙습니다. 그런데 어르신들은 다 백제인이신지요?"

계륵치가 자리를 잡고 앉아 노인들을 둘러보며 물었다.

"허허, 젊은이. 백제인이면 어떻고 신라인이면 어떻소.
백제는 진즉 망했거늘 이제 와서 백제인 신라인 구분할
필요가 뭐가 있소. 다 지난 일이거늘…"

수염을 길게 늘어뜨린 노인이 한숨을 길게 내쉬며 말
했다.

"그렇긴 합니다마는…"

계륵치는 노인의 말에 할 말이 없었다. 백성들로 봐
서는 백제인 신라인의 구별이 별 의미가 없었다. 백제는
이미 망한 나라였다. 따라서 백제 신라를 굳이 구분할
필요가 없었다. 그저 등 따습고 배곯지 않고 살면 백성
들은 그걸로 만족했다.

"그래 젊은이는 백제인이요?"

노인이 계륵치를 보고 물었다.

"예, 백제인입니다."

"허허, 그렇구려..."

노인이 고개를 끄덕이며 계륵치를 바라보았다. 노인의 그런 모습은 무언가 할 말이 있어 보이기도 하였으나 그렇다고 말은 하지 않았다.

청개와 만나기로 한 집에 도착했다. 삽짝 문을 열고 들어가니 마당에서 깻단을 털고 있던 집주인이 계륵치를 반기며 뒤란으로 안내했다. 집 뒤란에는 따로 작은 움막 비슷한 가옥이 한 채 있었다.

"여보시오, 여보시오, 잠깐 나와 보시오. 여기 사람이 왔소이다."

집주인이 낮은 소리로 안에 있는 사람을 불렀다. 그러자 방문이 벌컥 열리며 컴컴한 방 안에서 청개가 나왔다.

"아이구, 살아왔구나. 계륵치, 네가 살아있었어."

맨발로 뛰쳐나온 청개가 계륵치를 와락 껴안았다.

"청개 군사님, 살아계셨군요."

계륵치 역시 죽은 사람이 살아온 듯이 반가워 청개를 부둥켜안았다.

"그런데 벅수님은 안 계십니까?"

계륵치가 혼자 나온 청개에게 물었다. 계륵치의 물음에 청개는 금방 얼굴빛이 어두워지며 방금 나온 방을 돌아보았다.

"벅수는 크게 자상을 입어 누워 있다네."

"그래요? 많이 다치셨습니까?"

계륵치가 묻고는 벅수가 누워 있는 방으로 걸음을 옮겼다.

"신라군의 칼에 등을 맞아 크게 다쳤어."

청개가 계륵치의 뒤를 따라 방으로 들어오며 말했다. 어두컴컴한 방 아랫목에 벅수가 신음 소리를 내며 누워 있었다. 계륵치가 들어가자 벅수가 몸을 일으키려 했다.

"벅수 군사님, 그냥 누워 계십시오. 비록 부상은 입었지만 살아서 만나니 반갑습니다."

계륵치가 무릎을 꿇고 벅수의 손을 잡으며 감격에 겨워 말했다.

"나도 그렇네. 자네도 살아있으니 천운이야. 내 이렇게 부끄러운 모습을 보여 미안하네. 아직 갈 길이 먼데 말이야..."

벅수가 눈물을 보이며 말했다.

"무슨 그런 말씀을 하십니까? 우리가 목적을 이루었으니 된 것이지요. 어서 몸이나 회복하십시오."

"고맙네. 이번 거사에 자네의 공이 컸네. 자넨 우리 백제 수복군의 희망이야…"

벅수가 희미하게 웃으며 말했다.

"암, 그렇고 말고. 계릎치 같은 백제에 대한 충정과 무예만 가진 젊은이들이 있다면야 무슨 걱정이 있겠는가. 그리하면 우리 백제의 수복은 금방 이루어질 걸세."

청개가 벅수의 말에 동감을 했다.

그날 밤, 세 사람은 앞으로 어떻게 할 것인지를 의논했다. 우선 벅수는 몸이 회복될 때까지 이 집에서 요양을 하면서 치료를 하기로 했다. 마침 계릎치가 당군으로부터 노획한 은자가 있어 벅수가 머물고 요양하면서 치료받는 비용은 걱정할 필요가 없었다. 계릎치가 은자가 담긴 함에서 은자 세 덩이를 꺼내 집주인에게 내밀며 부탁을 했다.

"어르신, 여기 은자를 드릴 테니 벅수 군사님을 잘 부탁드립니다. 이 정도면 벅수 군사님의 요양과 치료에 부족함이 없을 것입니다."

계륵치가 내미는 은자를 보고 집주인의 입이 딱 벌어
졌다.

"아이구, 이런 엄청난 은자는 생전 처음 보오."

계륵치가 내미는 은자는 엄청난 가치의 돈이었다. 논
을 사도 100섬의 벼를 소출해 낼 수 있는 논을 살 수 있
는 거금이었다. 그러니 집주인의 입이 벌어질 만도 했다.

"자네가 마침 적절하게 은자를 정말 잘 노획해 왔네.
그 정도면 벅수가 충분히 이곳에 거하며 상처를 치료받
을 수 있을 걸세. 나머지는 우리 수복군의 군자금으로
쓰면 될 것이네."

청개가 계륵치가 노획해온 은자를 보며 아주 흡족한
표정을 지었다.

# 11. 내가 가는 길을 막지 마라

계륵치와 청개는 말을 달려 백강(현 동진강)으로 달렸다. 나당 연합군과 백제 수복군, 왜의 연합군이 마지막 결전을 치루기 위해 백강으로 집결하고 있다는 소문이 있었다. 이번 백강에서의 전투가 백제 수복군의 사활이 걸린 전투임은 분명했다.

백제는 나당 연합군에 의해 멸망하고 3년 가까이 백제 수복 전쟁을 벌였다. 초기에는 백제의 수도인 사비 도성을 비롯하여 인근의 성과 백제 멸망 당시 빼앗긴 땅을 거의 수복했다. 그리하여 백제 수복군은 승승장구 백제 수복의 길이 멀지 않았다는 희망을 가진 적도 있었다.

하지만 지금은 그것도 일장춘몽이 될 지경이었다.

백제 수복군 사이에 내분이 일었다. 기득권 싸움이요, 권력 투쟁이었다. 이로 말미암아 서로 죽이고 죽이는 살육이 벌어지고 수복군은 분열되었다. 내분의 결과는 냉혹하여 그동안 되찾았던 성을 거의 빼앗기고 그 와중에 수많은 수복군이 죽었다. 이세는 거의 명맥만 유지하는 수준이 되었다. 하늘을 찌를 듯한 사기도 땅바닥에 떨어졌다. 이대로 백제 수복의 꿈은 사라지는 것인가 하는 의문이 들 때도 있었다. 계록치는 오로지 자기의 목숨이 다할 때까지 백제 수복을 위하여 싸우겠다는 의지에 변함이 없었다. 같이 말을 타고 가는 청개 군사 역시 같은 마음일 것이었다.

한참을 말을 달리니 목도 마르고 배도 고팠다. 말도 지쳤는지 달리는 속도가 점점 떨어지면서 온몸이 땀으로 흥건하였다. 물이 있는 곳을 찾아야 했다. 마침 저 앞에 야트막한 산 아래 자그만 마을이 보였다. 마을이 있으면 우물도 있을 것이고 요기도 할 수 있을 것이었다. 두 사람은 말에 박차를 가했다.

"죽으라는 법은 없구만. 저기 마을이 있으니 가서 물

도 좀 마시고 요기도 하세."

청개가 마을을 바라보며 계륵치에게 말했다.

마을 입구에 들어서니 공동 우물이 있었다. 두 사람
은 우물에 도착하자 두레박으로 물을 길어 물을 마셨다.
시원한 물이 갈증을 단숨에 날려주었다.

"아, 시원하다. 이제 좀 살겠구먼."

청개가 계륵치에게 두레박을 건넸다. 계륵치는 두레
박을 받아 물을 마시고 두레박을 우물에 넣어 물을 퍼
말에게 먹였다. 말 역시도 갈증이 심하던 터라 쉬지 않
고 두 두레박이나 되는 물을 마셨다.

두 사람이 우물가에서 갈증을 해소할 때였다. 아낙네
한 사람이 머리에 물 항아리를 이고 우물가로 걸어왔다.
아낙네는 우물가에 있는 계륵치와 청개를 보고 흠칫 놀
라 발걸음을 멈추었다.

"놀라지 마시오. 목이 말라 물을 마시러 왔소이다. 어
서 물을 길어가시오."

청개가 아낙네에게 안심하라는 듯이 친절하게 말했
다. 그래도 아낙네는 선뜻 우물가로 들어서지 못하고 머
뭇거렸다. 아낙네는 서른 정도나 될까 말까한 젊은 여자

였다.

"뭘 망설이시오. 우리는 댁네에게 해를 끼치지 않소. 걱정 말고 물을 길으시오."

청개가 다시금 아낙네에게 거듭 말했다. 그러자 아낙네가 두 사람의 눈치를 살피며 조심스럽게 우물가로 내려왔나.

"이 마을에 사시우?"

청개가 아낙네에게 물었다.

"예, 그러합니다."

"백제인이오?"

"그러합니다. 댁네들은..."

아낙네가 두 사람의 눈치를 살피며 물었다.

"우리도 백제인이오. 그러니 안심하시오."

청개가 아낙네를 안심시켰다.

"내 하나 묻겠소. 이 마을에 신라군이나 당나라군이 눈에 띄지 않습디까?"

청개가 주위를 둘러보며 물었다.

"전에는 그들이 안 보였는데 며칠 전부터 당군들이 많이 눈에 뜨입니다."

아낙네가 청개의 물음에 대답했다.

"그러오? 이놈들이 드디어 대대적인 공격을 준비하는 모양이다. 이거 정말 큰일이로군."

청개가 계륵치를 보며 불안한 표정을 지으며 말했다.

"공격을 해올 것은 분명한 것 같습니다. 대비를 단단히 하지 않으면 힘든 싸움이 될 듯합니다."

계륵치 역시 걱정이 되어 마음이 무거웠다.

"말씀을 들으니 두 분께서는 혹시 백제 수복군이 아니신지요?"

계륵치와 청개 군사의 말을 듣고 있던 아낙네가 조심스럽게 물었다.

"그렇소. 우린 백제 수복군이오."

"아, 그러시군요. 백제 수복군에 대한 말은 많이 들었습니다. 정말 고생이 많으십니다. 여기서 이러지 말고 우리 집으로 가시지요. 식사라도 대접하겠습니다."

아낙네가 물동이를 머리에 이며 말했다.

"아이구, 고맙습니다. 그렇잖아도 뱃가죽이 배에 붙을 정도로 배가 고팠습니다."

청개가 엄살 부리듯 배를 부여잡으며 말했다.

아낙네의 집에 가니 늙은 노부부와 아이 둘이 있었다.
가옥은 옹색하고 허름하여 벽 여기저기가 갈라져 비라
도 오면 빗물이 스며들 것 같았다.

"노인장, 아이 아비는 어디 갔습니까?"

청개가 노인에게 물었다.

"뭐… 뭐라고 하셨소?"

노인은 가는귀가 먹은 모양이었다. 그런데다 계속 체
머리를 흔들었다.

"아이들 아비는 어디 있느냐고 물었습니다!"

청개가 목소리를 높여 다시금 물었다. 그러자 옆에 있
던 노파가 손을 휘휘 가로 저으며,

"할아범이 가는귀가 먹어 잘 듣지를 못하우. 애들 아
비는 전장에 끌려 나가 죽었다우. 그건 왜 물으슈?"

노파가 청개를 바라보며 그건 왜 묻느냐고 심드렁한
표정으로 물었다.

"아. 그렇군요. 알겠습니다…"

노파의 말을 들은 청개가 말을 얼버무리며 더 이상 묻
지를 않았다. 이 집 역시 사정이 여느 백제인의 집과 다
르지 않았다. 백제인 중에서 젊은 사람들은 거의 군사로

징발되어 전장에서 죽었다. 이 집도 마찬가지였다. 가장이 없는 집은 당연히 어려울 수밖에 없었다.

잠시 후 아낙네가 밥을 해서 들여왔다. 조와 수수가 반반씩 섞인 밥이었다. 쌀알은 보이지 않았다. 반찬도 푸성귀 반찬 두 가지였다. 그나마도 감지덕지한 계륵치와 청개는 게 눈 감추듯 비우고 물을 마셨다.

"청개 군사님, 밥을 얻어먹었으니 사례를 하고 가지요. 가장도 없고 식구는 여럿이라 어려움이 많을 것 같습니다. 은자 세 개만 이 집에 드리고 가지요?"

계륵치가 청개에게 말했다.

"그래, 그러자구. 어차피 우리에게 은자는 필요도 없구 우리의 운명이나 수복군의 운명도 하루 앞을 알 수 없으니 군자금이 뭐가 필요하겠는가. 자네 말대로 은자 세 덩어리를 주고 가세."

청개가 계륵치의 말에 쾌히 승낙을 했다. 계륵치는 나무함에서 은자 세 개를 꺼내 부엌에 있는 아낙네에게 내밀었다.

"여기 이거 받으십시오. 저희 밥 먹은 값이라고 하기에는 그렇지만 요긴하게 쓰십시오."

"아니 그게 무엇입니까?"

아낙네가 손을 앞치마에 닦으며 계륵치가 내미는 은자를 보고 깜짝 놀랐다.

"은덩이입니다. 이게 아주 큰돈입니다. 살림에 큰 도움이 될 것입니다."

"그리 귀한 것을 주시다니요. 아닙니다. 안 받겠습니다. 저보다도 그쪽에서 더 요긴하게 쓰셔야 할 듯합니다."

아낙네가 손사래를 치며 사양을 했다.

"허허, 어서 받으시오. 그것도 여기 계륵치가 당나라 놈들에게서 빼앗은 것이오."

청개 군사가 사양하는 아낙네에게 어서 받으라고 채근했다.

"자꾸 그러시니 고맙게 받겠습니다. 부디 두 분이 이루시려는 백제 수복이 꼭 이루어지기를 천지신명께 기원하겠습니다."

아낙네가 은자를 받아 허리를 숙이며 말했다

"고맙소. 그리 말을 해주니..."

계륵치와 청개는 아낙네의 집을 나와 말을 달렸다. 하루바삐 백제 수복군이 머무는 진영으로 들어가 합류를 해야 했다. 나당 연합군과의 결전이 점점 다가오고 있었다. 따라서 두 사람의 마음은 초조하고 바빴다.

계륵치와 청개가 산모퉁이를 돌아 강변으로 나갔다. 강둑을 따라 말을 달리기 위해서였다. 강둑을 따라 말을 달리다 보면 백제 수복군이 진을 친 군막을 발견할 수 있어서였다. 물론 신라군이나 당군을 만날 수도 있었다.

강변에는 당군의 배들이 깃발을 날리며 정박하고 있었다. 그 앞으로 당나라 군사 십여 명이 경비를 서고 있었다. 배 안에 머무는 군사는 없는 듯했다. 군사들은 배에서 내려 육지 어느 쯤에 군막을 세우고 공격 명령을 기다리고 있을 것이었다.

"계륵치, 우리 저 놈들을 해치우고 배를 불살라 버리세. 우리는 어찌하던 신라군이나 당나라군을 한 명이라도 없애야 하지 않겠나. 저 놈들 수를 보아하니 십여 명밖에 안 되는군."

청개가 말을 멈추며 계륵치에게 말했다.

"그러시지요. 군사님 말씀이 맞습니다. 한 놈이라도

없애야지요. 더군다나 배가 정박해 있으니 배를 불사른다면 우리 수복군에게는 큰 이득이겠군요."

계륵치가 청개의 말에 동의를 하였다.

"일단 좀 더 지켜보세. 배 안에 혹시 당군 놈들이 더 있을 수 있으니."

청개가 말에서 내려 강둑 아래에 몸을 숨기며 신중하게 말했다.

"그러하지요."

두 사람은 강둑 아래에 몸을 숨기고 당군 배를 지켜보았다. 한참을 지켜보고 있자니 배 위에서 당군이 건초 더미를 배 바닥에서 배 위로 옮기고 있었다. 건초라면 말먹이 일 텐데 지금은 시기적으로 여름이니 말먹이 건초는 아닐 것이었다. 그렇다면 무슨 용도로 쓰일 건초일까 하는 의문이 들었다.

"청개 군사님, 저놈들이 건초 더미를 어디에 쓰려고 배에 잔뜩 실었을까요?"

계륵치가 고개를 갸웃거리며 청개에게 물었다. 계륵치의 질문에 청개 역시 바로 대답을 하지 못했다. 청개도 사실 그게 궁금했다.

"가만 있자..."

청개가 뭔가 골똘히 생각을 했다. 한참 미간을 찡그리며 생각을 하던 청개가 한참 만에 무릎을 탁치며 말했다.

"아, 그렇구나! 저 놈들이 화공을 쓸 작정이야. 화공으로 쓰일 건초란 말일세. 맞아, 내 생각이 맞을 거야."

청개가 드디어 의문이 풀렸다는 듯 얼굴의 미간을 폈다.

"화공이요? 화공이라 하면... 아, 그렇군요. 이번에 왜의 구원군이 배로 오지요?"

"맞네. 저 놈들이 왜 구원군의 배를 화공으로 공격하려는 거야. 그러니까 건초가 필요한 거구. 저런 교활한 놈들. 어서 저 경비 군사 놈들을 없애고 배를 불살라 버리세."

청개가 단호하게 말했다.

"말을 타고 짓쳐들어가 단칼에 없애 버리지요."

계륵치가 칼자루를 굳게 움켜잡으며 말했다.

"그러세. 말을 타고 내달리면서 활을 쏘아 몇 놈을 없애고 나머지 놈들은 칼로 베어 버리세."

계륵치와 청개는 말을 강둑으로 끌고 올라왔다. 두

사람이 말에 올랐다. 말에 오른 계륵치와 청개는 말에 박차를 가하여 질풍처럼 말을 몰았다.

"이럇! 이럇!"

계륵치가 말을 타고 달리며 시위에 화살을 걸었다. 청개 역시 시위에 화살을 걸며 달렸다. 두 사람이 화살을 날렸다. 화살은 빠르게 날아가 어지없이 당군의 목과 가슴에 꽂혔다. 화살을 맞은 당군의 비명 소리가 귀에 들렸다. 나머지 당군들이 당황하며 창과 칼을 겨누며 소리를 질렀다.

"네 이놈들! 네놈들은 누구냐?"

그중에서 상급자인 듯한 자가 계륵치와 청개를 향해 소리를 지르며 공격 자세를 취했다. 나머지 당군도 창과 칼을 겨누었다.

"이놈들아, 네놈들이 그건 알아서 무엇 하느냐? 네놈들이 이 땅에 들어와 우리 백제를 멸망시키다니. 내 원통함이 이를 데가 없다. 이놈들아, 나를 원망하지 말거라!"

말을 마친 청개가 막아서는 당군의 목을 칼로 내리쳤다. 당군의 목에서 피가 뿜어져 나와 주위에 흩뿌려졌다.

계륵치 역시 말 위에서 칼을 휘둘러 나머지 당군의 목을 순식간에 베어 버렸다.

"청개 군사님, 다 해치웠습니다."

계륵치가 말 위에서 칼을 들고 말했다.

"수고했네. 자네 검술 솜씨가 놀랍구만. 대단해. 어서 이제 저 강 위에 떠 있는 배를 불살라 버리세."

"예, 알겠습니다."

계륵치가 대답을 하고 말 위에서 내렸다.

"거리가 좀 멀긴 하나 충분히 화살이 닿을 거리다."

청개가 강물 위에 떠 있는 배의 거리를 눈대중으로 어림잡아 보며 말했다.

계륵치와 청개는 불화살을 준비했다. 말 잔등에 실려 있는 보퉁이에서 불화살의 재료를 꺼내 꼼꼼하게 살촉 위에 꽁꽁 매었다. 잠시 후 불화살이 준비되었다.

"자, 이제 불을 붙여 화살을 날리자."

청개가 계륵치를 돌아보며 말했다.

"알겠습니다."

계륵치가 활에 시위를 걸었다. 청개가 불을 피웠다. 계륵치가 불화살에 불을 붙였다. 청개 역시 불을 붙였다.

강 위에 정박해 있는 배에서는 아무 기척이 없었다. 저들은 강변의 군사가 계륵치와 청개에 의해 몰살을 당했음에도 그 사실을 까마득히 모르고 있었다.

"저놈들이 조용한 걸 보니 건초 더미를 옮겨 놓고 낮잠이라도 자는 모양이군. 마침 잘 되었다. 이놈들 뜨거운 불 맛을 보아라."

말을 마친 청개가 활을 들어 배를 향해 화살을 날렸다. 계륵치 역시 청개와 동시에 불이 붙은 불화살을 쏘았다. 두 사람이 쏜 화살이 날아가 배의 돛에 꽂혔다.

"계륵치야, 저기 쌓아 둔 건초 더미에 화살을 쏘아라."

청개가 계륵치에게 말했다.

"예, 알겠습니다"

계륵치는 불화살을 배 뒤편에 쌓아 둔 건초 더미를 겨누어 쏘았다. 불화살이 건초 더미에 박히자 연기와 함께 불이 일었다. 그때서야 배 안에 있던 당군들이 황급하게 배 갑판 위로 올라왔다. 당군들은 불을 끄기 위해 강물을 퍼 올려 불을 끄려 분주했다.

계륵치는 강물을 길어 올리는 당군을 향해 화살을 쏘았다. 물을 길어 올리던 당군이 계륵치가 쏜 화살에 맞아 강물로 처박혔다. 뒤이어 계속 불을 끄는 당군에게 화살을 날렸다. 화살은 쏘는 족족 당군을 맞혔다. 불길이 점점 강하게 일었다. 불길을 감당할 수 없는 당군이 강물로 뛰어들었다. 강 위에 정박해 있던 당군의 배에 모두 불이 붙어 타고 있었다.

"잘도 타는구나. 계륵치야, 큰일을 치렀다. 저놈들의 배를 태움으로써 조금이나마 우리 백제 수복군에 도움이 될 것이다. 자, 이제 여길 떠나자."

청개가 흡족한 미소를 지으며 계륵치를 돌아보았다.

"예, 그러지요."

계륵치 역시 나름의 성과에 만족하여 경쾌하게 대답하고 말 위에 올랐다.

"아니, 저길 보십시오! 저기, 저기 당나라 놈들이 우릴 향해 달려옵니다."

말 위에 올라 막 출발하려던 계륵치는 강변으로 말을 달려오는 한 떼의 군사들을 발견했다. 뭍에 있던 당군들이 배가 타는 것을 목격하고 달려오다가 계륵치와 청개를 발견한 것이다.

"저놈들이 우릴 발견한 모양이다. 어서 이 자리를 피

하자."

청개가 급히 말에 올라타며 말했다.

"저기 저쪽으로 달리지요."

계륵치가 강둑으로 올라 산으로 이어진 길을 가리켰다. 산으로 일단 들어가 몸을 숨기는 것이 좋을 듯했다.

"그러세. 자, 가자! 이럇!"

청개가 말 엉덩이를 손바닥으로 내리쳤다. 말이 앞발을 들어 올려 크게 한 번 울고는 내달렸다. 계륵치도 청개의 뒤를 따라 달렸다. 두 사람이 달아나는 것을 보고 당나라군이 소리치며 추격했다. 추격하는 당군은 기마군이었다. 군사의 수는 어림잡아 30여 명은 넘어 보였다.

계륵치와 청개는 말을 달려 산 입구에 접어들었다. 높지 않은 산이었으나 나무가 우거졌다. 정상 부근으로 작고 큰 바위들이 우뚝우뚝 서 있었다. 계륵치와 청개는 말을 내렸다. 말을 타고 산을 오를 수는 없었다. 당군 역시 말을 타고 산을 오르지는 못할 터였다. 두 사람은 말을 끌고 산 정상 쪽으로 올랐다. 산 밑에서 당군도 말을 내려 산속으로 들어간 두 사람을 추격했다.

계륵치와 청개는 산 정상까지 올랐다. 높지 않은 정상

부근에 크고 작은 바위들이 여기저기 솟아 있었다. 바위를 엄폐물로 삼아 배수진을 치면 좋을 듯했다. 계륵치는 바위 뒤에 말을 숨겨 두었다. 정상 부근으로 오르는 길은 폭이 좁아 여러 사람이 오를 수가 없었다.

"잘 되었습니다. 이곳에서 저놈들을 상대하면 좋을 듯합니다. 폭이 좁아 저놈들이 우리를 공격하려 해도 한꺼번에 공격하지는 못할 것입니다."

"그렇군. 저놈들이 다가오면 활을 쏘아 처치하세. 그리고 몇 놈 남지 않으면 바로 칼로 해치워 버리세."

청개가 화살집에서 화살을 꺼내며 말했다.

산 밑에서 당군이 타고 온 말의 울음소리가 들려왔다. 떠들썩한 당군의 말소리도 들렸다. 당군들이 우르르 산 위로 올라왔다. 당군 장수가 앞장서고 있었다. 당군 장수는 키가 크고 체격이 우람했다. 당나라 사람 특유의 수염도 길게 길렀다. 허리 옆에 칼을 찼고 등에는 활과 화살집을 둘렀다.

당군이 산 중턱쯤 올라오더니 진격을 멈추었다. 급습에 대비하는 모양새였다. 당군 장수가 앞으로 나서며 소리를 질렀다.

"너희 백제 놈들아! 어서 앞으로 나와 항복하거라. 너희 두 놈이 우리를 상대할 수 있을 거 같으냐? 그러니 어서 썩 나오거라. 항복을 한다면 목숨만은 살려주마."

당군 장수가 항복을 권유했다. 주위에 도열한 당군들은 만일의 사태에 대비해 활시위에 화살을 메기고 있었다. 여차하면 쏠 기세였다.

"하하하! 가소롭다, 이놈들아! 너희 놈들이 여기가 어디라고 함부로 발을 내딛느냐? 여기는 우리 백제의 숭고한 땅이니라. 네놈들이 발을 디딜 땅이 아니란 말이다. 지금이라도 어서 썩 물러가라! 그러면 살 것이나 그렇지 않으면 네놈들을 다 도륙할 것이다."

청개가 분기탱천하여 맞받아 고함을 질렀다.

"저놈이 죽고 싶어 환장을 하였구나. 자, 모두 저놈들에게 화살을 쏴 고슴도치를 만들어라. 쏴라!"

당군 장수가 명령을 내렸다. 그러자 당군이 산 정상의 계륵치와 청개 군사에게 일제히 화살을 날렸다. 두 사람은 당군이 활을 쏘는 것을 보는 즉시 바위 뒤로 몸을 숨겼다. 날아온 화살들이 바위에 맞으며 둔탁한 소리를 내며 떨어졌다.

"자, 저놈들이 화살을 시위에 메겨 쏘는 시간차를 이용해 활을 쏘자!"

청개 군사가 말하고 바위에서 몸을 내밀어 활을 쏘았다. 계륵치 역시 그 시간을 이용해 바로 화살을 날렸다. 두 사람이 날린 화살은 그대로 날아가 앞에 서 있던 당군 두 명을 맞혀 쓰러뜨렸다.

몇 차례의 공방전이 벌어졌다. 계륵치와 청개 군사는 산 정상이었고 몸을 숨길 바위가 있어 당군의 화살 공격을 막아 내었다. 그러나 당군은 몸을 숨길 엄폐물이 없었다. 나무 몇 그루가 있었지만 그것만으로는 턱없이 부족했다. 따라서 계륵치와 청개 군사가 쏘는 화살은 쏘는 족족 당군에게 명중했다.

"안 되겠다. 전원 공격하여 저 놈들을 없애 버려라. 공격하라!"

당군 장수가 칼을 높이 치켜들고 명령을 내렸다. 그러자 당군들이 칼과 창을 앞세우고 일제히 산 정상으로 달려들었다.

"저놈들이 한꺼번에 몰려드는구나. 오냐, 이놈들아! 어서 오너라!"

청개가 이를 악물며 달려오는 당군을 향해 화살을 날렸다. 계륵치 역시 연신 화살을 날려 당군을 맞혔다. 앞서 오던 당군이 화살에 맞아 쓰러지면 뒤에서 당군이 달려왔다. 계륵치와 청개는 쉴 틈 없이 화살을 날렸다.

어느 정도 화살을 날리자 화살이 다 떨어졌다. 화살을 맞아 죽은 당군이 거의 열댓 명은 되었다. 그렇다면 남은 군사는 삼십여 명의 반, 열다섯 명 정도였다. 그 정도면 상대해 볼 만했다.

"공격하라! 저놈들의 화살이 다 떨어졌다."

당군 장수가 고함을 지르며 달려왔다. 그걸 보고 청개가 계륵치에게 분연히 말했다.

"자, 우리도 나가 저놈들을 상대하자! 우리 백제의 살아있는 기백을 저놈들에게 보이자."

청개가 소리를 치며 뛰어나갔다. 계륵치도 칼을 높이 치켜들고 뒤를 이어 달려갔다. 청개 군사가 당군 장수를 상대했다. 계륵치는 달려 나가자마자 앞서 오는 두 명의 당군을 순식간에 베어 버렸다. 뒤이어 숨 돌릴 새도 없이 그대로 돌진하여 종횡무진으로 칼을 휘둘러 또 다른 두 명의 당군 목을 베어 버렸다.

이 광경을 눈앞에서 목격한 당군들이 놀라 멈칫했다.

"이놈들아, 내가 가는 길을 막지 마라. 내 앞을 막는 자는 모두 죽을 것이다. 우리 백제의 가는 길을 막는 너희 놈들을 절대 용서하지 않을 것이다."

눈을 부릅뜨며 당군에게 고함을 치는 계릉치의 눈은 분노로 이글거렸다. 당군이 계릉치의 기세에 주춤거렸다. 당군은 계릉치의 무예가 놀랄 만치 뛰어나다는 것을 목격하고 겁을 먹은 것이다.

계릉치는 바닥에서 솟구쳐 뛰어오르며 다시금 당군에게 칼을 휘둘렀다. 칼날이 일으키는 바람이 태풍이 이는 듯했다. 그 칼날에 여지없이 당군의 목이 떨어졌다.

그때였다. 당군 장수와 겨루던 청개 군사가 계릉치를 불렀다.

"계릉치야, 내가 내가 이놈에게 당했다…"

계릉치가 흘낏 뒤를 돌아보았다. 청개 군사가 당군 장수의 칼에 가슴을 맞아 한쪽 손으로 가슴을 움켜쥐고 있었다. 움켜쥔 손에서 피가 흘렀다.

"네, 이놈! 나와 상대하자. 내가 네놈의 목을 베어 버릴 테다!"

계륵치가 뒤로 돌아서며 그대로 돌진하여 당군 장수에게 칼을 휘둘렀다. 그 빠르기가 번개와 같았다. 그러나 당군 장수는 달리 장수가 아니었다. 전쟁터에서 뼈가 굵은 청개 군사를 벤 자였다. 그만큼 무예가 출중하다는 뜻이었다. 당군 장수 역시 저 먼 중원의 장수였다. 달리 장수이겠는가.

"네놈을 보니 나이도 아직 어린 듯한데 무예가 대단하구나. 네 이름이 무엇이냐?"

당군 장수가 이마에 흐르는 땀을 팔뚝으로 쓱 닦으며 물었다.

"내 이름을 알아서 무엇 하겠느냐? 네놈들은 우리 백제의 원수다. 그리고 우리 아버지와 계백 장군의 원수다."

계륵치가 날카로운 눈으로 당군 장수를 쏘아보며 말했다.

"허허, 어린놈이 복수심으로 가득 찼구나. 네 말도 맞다마는 우리 당의 군사들은 황제의 명을 따라야하거늘 어찌 우리를 원수로 생각하느냐?"

당의 장수가 휘날리는 수염을 한 손으로 쓸어 넘기며

말했다.

"황제라? 그래 너희 황제가 신라 놈들과 손을 잡고 우리 백제를 멸망시켰다. 그러나 우리 백제는 끝까지 한 사람의 목숨이 붙어 있는 한 너희 당나라 놈들과 신라 놈들을 상대로 싸울 것이다."

"허허, 어린놈의 기백이 가상하구나. 내 너의 기백이 가상하여 살려줄 터이니 그만 물러가거라."

당군 장수가 웃으며 여유를 부렸다. 당군 장수는 수만 리 떨어진 타국에 나와 계륵치를 보자 자기 아들이 생각난 것일 수도 있었다. 사실 당군 장수에게는 계륵치 나이의 아들이 있었다.

"더 이상 말이 필요 없다. 너희 당은 우리 백제의 원수다!"

계륵치가 당군 장수에게 굽히지 않고 크게 소리쳤다.

"허허, 할 수 없구나. 어린 것이 고집이 세구나. 이 자리에서 죽는다고 나를 원망하지는 말거라. 에잇!"

말이 끝남과 동시에 당군 장수가 칼을 휘둘렀다. 그 빠르기가 이루 말할 수 없었다. 칼의 바람 소리가 메아리처럼 여운이 남았다. 계륵치는 정신을 바짝 차렸다.

이제까지 상대했던 어떤 적보다 무예가 뛰어났다. 그러니 전쟁터에서 뼈가 굵은 청개 군사가 당한 것이었다.

계륵치는 정면승부보다는 변칙을 써야겠다고 생각했다. 싸움은 어떤 방법을 쓰던 이겨야 했다. 싸움에서의 실패는 곧 죽음이었다. 여기서 죽을 수는 없었다. 아직 백제 수복을 위하여 할 일이 많았다.

계륵치는 당군 장수를 주시했다. 빈틈을 노려야 했다. 하지만 당군 장수는 빈틈을 보이지 않았다. 부상을 입은 청개가 한쪽 손으로 몇 명 남지 않은 당군을 상대하고 있었다. 부상을 입었음에도 불구하고 청개는 사력을 다해 당군과 접전을 벌였다.

"에잇, 내 칼을 받아라."

당군 장수가 펄쩍 뛰어오르며 위에서 아래로 칼을 내리쳤다. 계륵치는 순간 옆으로 빠르게 비켜서며 다리에 숨겨 두었던 단검을 꺼내 흩뿌리듯 던졌다. 단검은 곧바로 날아가 당군 장수의 겨드랑이에 박혔다. 당군 장수가 예상치 못했던 단도를 맞고 주춤했다.

"으음... 네놈이... 네놈이..."

당군 장수가 계륵치를 노려보며 신음을 뱉었다.

계륵치는 이 틈을 놓치지 않았다. 즉시 당군 장수를 향해 칼을 사선으로 크게 그어 버렸다. 당군 장수의 눈이 커지고 입이 벌어졌다. 뜻밖의 재차 공격에 당군 장수가 일격을 당한 것이었다. 당군 장수는 자기가 당했다는 것을 믿지 못하는 표정이었다.

베어진 당군 장수의 가슴께에서 피가 흘러나왔다. 그래도 당군 장수는 칼을 움켜쥐고 계륵치를 노려보았다. 노려보는 당군 장수의 눈에 눈물이 비치는 것 같았다. 얼핏 미소까지 비추었다. 계륵치는 더 이상 당군 장수의 그런 모습을 보고 싶지 않았다.

"이얏!"

칼을 꼬나 잡은 계륵치가 그대로 당군 장수의 목을 쳤다. 당군 장수의 목이 덜렁 베어져 땅바닥으로 굴렀다. 목이 떨어졌어도 눈은 여전히 부릅뜨고 있었다.

## 12. 백강에 흐르는 피

  백강(동진강)의 강변에는 수많은 깃발이 휘날렸고 군
사들의 창검으로 뒤덮였다. 강과 딸린 바다 위에는 수
많은 전선들이 정박해 있었다. 배 위에도 여러 종류의
깃발들이 바닷바람에 휘날렸다. 전선은 왜군 전선이
1,000여 척, 당군 전선이 170여 척이었다. 전선은 물론
이거니와 군사의 수도 왜군은 2만 7천 명이었으니 당군
의 수는 훨씬 적었다. 규모 면으로나 군사력 면으로는
비교가 되지 않았다.

  일촉즉발. 이제 곧 공격의 북소리가 울리면 양측 간에
는 서로 죽고 죽이는 전투가 있을 뿐이었다. 양측 군사

들은 서로 긴장한 체 공격 명령의 북소리를 기다리고 있었다. 그렇지만 죽음의 두려움도 군사들에게는 있었다.

이역만리 타국에 와서 죽을 수도 있다는 사실에 군사들은 너나없이 입을 꾹 다문 체 침묵을 지키고 있었다. 기침소리 하나 들리지 않았다. 오직 바람에 나부끼는 깃발 소리만 들려올 뿐이었다.

계릉치는 가지내(논산시 강경읍)에서 당군의 추격병과 전투를 벌여 그들을 섬멸한 후 동강의 백제 수복군에 합류했다. 안타깝게도 청개는 당군 장수의 칼에 맞은 상처로 말미암아 오는 길에 죽었다.

일본의 백제 수복군의 지원은 전에도 있었지만 이번처럼 대대적이지 않았다. 예전에도 일본은 백제를 여러 모로 지원을 하였다. 661년 일본에 있던 백제 왕자 부여풍이 귀국하였을 때에도 일본 텐지왕은 5,000 병력으로 부여풍을 호위하게 했다. 또한 화살 10만 대와 피륙 1,000단, 벼 3,000섬, 실 500근까지의 물자를 같이 보내주었다.

부여복신에게는 화살 10만대, 솜 1,000근, 피륙 1,000단 가죽 1,000장 벼 3,000석을 보내주었다. 백제왕으로 등극한 풍왕에게도 포 300단을 보내주었다.

백제 풍왕은 일본의 지원군 중 선발대 1만 명이 도착했다는 전갈을 받았다. 풍왕은 이에 머물던 주류성에서 나와 백강으로 이동했다. 그와 동시에 웅진에서 남하한 신라군과 당군이 주류성을 포위했으며 당나라 전선 170여 척이 백강으로 내려와 정박을 한 것이다.

백제 정예 기병은 강변에서 왜의 전선을 지켰다. 반대편에는 나당 연합군이 진을 쳤다. 백제, 신라, 일본, 당나라의 네 나라 군사들이 백강 일대에 집결한 것이다.

나당 연합군의 목표는 백제 수복군의 수도라고 할 수 있는 오늘날의 전북 부안에 있는 주류성 함락이었다. 주류성만 함락시키면 나머지 성들은 저절로 항복할 것이라 믿었다. 백제 수복군과 일본도 주류성을 지키지 못하면 백제 수복의 꿈은 완전히 물거품이 되리라는 것을 잘 알고 있었다. 따라서 이번 백강 전투에 사활을 걸었다.

계특치는 강변에서 왜선을 지키고 있는 백제 수복군의 기병에 소속되었다. 백제 수복군의 기병 중에는 계특치가 아는 군사들도 있었다. 계특치의 무예는 백제 수복군 안에서 진즉 소문이 나 있었다.

"계륵치, 너의 무예가 출중하다는 걸 잘 알고 있다. 우리는 지금 어느 때보다 중요한 시점에 와 있다. 저기 강과 바다를 보아라. 우리를 지원하기 위해 멀리 왜에서 수많은 지원병과 물자를 보내주었다. 이제 머지않아 큰 전투가 벌어질 것이다. 그러기 때문에 우리는 저 왜의 전선을 잘 지켜야 한다."

백제 수복군 기병 장수인 12품 관등인 문독 억례복찰이 말했다. 억례복찰 장군은 돌아가신 계륵치의 아버지인 계루신 부장도 알고 있었다. 한때는 계백 장군 휘하에서 신라군과 싸운 경험도 있다고 했다. 그래서 계루신 부장을 잘 안다면서 아버지의 무예와 무공을 칭찬했다.

"아까운 분이셨다. 나라에 대한 충정과 뛰어난 무예는 그 누구도 당해낼 자가 없었지. 계륵치 네가 무예가 뛰어난 것도 아버지를 닮아서일 것이다."

억례복찰 장군은 천신만고 끝에 찾아온 계륵치를 반갑게 맞이했다. 억례복찰 장군은 계륵치가 젊은 나이에도 불구하고 백제 수복의 일념으로 죽음의 전쟁터를 누비는 것이 대견하면서도 마음이 아팠다. 백제가 멸망하지 않고 평화로운 시대였다면 거친 전쟁터를 누비지도 않았을 것이고 편안하게 살았을 터이니 말이었다.

계릉치가 백제 기병에 합류하여 왜의 전선을 지킨 지 이틀째였다. 신라 정예군이 대대적으로 백제 기병을 공격해 왔다. 신라군으로서는 먼저 왜의 전선을 지키는 백제 기병을 섬멸해야만이 마음 놓고 왜의 전선을 공격할 수 있기 때문이었다.

그때 백제 기병은 강의 하구에 진을 치고 있었다. 첩보가 급하게 억례복찰 장군의 군막으로 말을 달려와 보고했다.

"장군, 장군, 신라 기병이 침입해 오고 있습니다!"

"뭐라? 신라 기병이 침입해 온다고? 그래 어디만큼 왔느냐?"

억례복찰 장군이 나무 의자에서 몸을 일으키며 물었다.

"기마 정예병이오니 한 식경이면 도착할 것입니다."

"알았다. 수고하였다."

억례복찰 장군이 첩보 군사의 보고를 받고 즉시 군막에서 나와 군사들을 소집했다.

"다들 모였느냐? 지금 방금 첩보 군사의 보고를 받았다. 지금 신라 정예 기병들이 우리를 섬멸하기 위해 진격해 온다하니 전투 준비를 하거라. 저놈들은 우리가 왜의 전선을 지키는 것을 알고 우리를 먼저 쳐 없애려 한다. 우리는 목숨을 다해 저들을 막아야 한다. 그러지 않으면 왜 지원병들의 군사 작전에 큰 차질이 있을 것이다."

억례복찰 장군이 군사들에게 말했다. 백제 기병들은 모두 전투 준비를 했다. 계륵치 역시 무장을 했다. 무기 중에 화살을 넉넉히 챙겨 두었다. 계륵치는 기마병에 속했지만 일단 활을 쏴서 신라군을 처치하는 것이 효과적이라 생각했다.

"계륵치야, 너의 활 솜씨는 내 일찍 들어 알고 있다. 이번에 너의 활 솜씨를 유감없이 발휘하거라. 이번 저놈들과의 싸움은 쉽지 않을 것이다. 단단히 마음을 먹거라."

억례복찰 장군이 계륵치를 보고 씩 웃으며 말했다.

"알겠습니다. 목숨을 다하여 싸우겠습니다."

계륵치가 결의에 찬 목소리로 말했다.

"허허... 그래 그래야지... 허나 목숨은 소중한 법이다. 더군다나 너는 아직 백제를 위해 할 일이 많이 남아 있다. 그러니 결코 목숨을 가볍게 여기지는 말거라."

억례복찰 장군이 계륵치에게 말하고 말 위에 올랐다. 이윽고 신라 기병이 강변을 따라 달려오는 것이 보였다. 어림잡아도 군사의 수가 수천은 될 듯했다. 백제 기병은 500여 명, 수적으로는 분명 열세였다. 하지만 백제 수복군은 백제 수복을 위해 이미 목숨을 내놓은 군사늘이었다. 따라서 싸움에 임함에 있어 죽고 사는 것에 대한 두려움이 없었다.

"적의 수가 많다. 그러나 싸움의 승패는 수의 많고 적음이 아니다. 우리는 그동안 수십, 수백 번 죽음의 문턱을 넘어 지금까지 왔다. 이제 마지막 백제 부흥을 위한 마지막 결전이 다가왔다. 우리가 저 신라 놈들을 막아내야만 왜의 전선이 당나라의 전선을 쳐부수고 우리 백제 수복군의 여망인 백제 수복을 이루어낼 수 있다. 목숨을 다해 저놈들을 무찌르자!"

억례복찰 장군이 말 위에서 칼을 뽑아 들고 군사들에게 외쳤다.

"와! 백제 수복군 만세! 신라 놈들을 무찌르자! 와! 와! 와!"

백제 기병들이 모두 말 위에서 칼과 창을 높이 들고
함성을 질렀다.

"지금부터 50명씩 조를 이뤄 신라군을 둘러싸고 공격
한다. 먼저 활을 쏴 적의 예봉을 꺾고 그 다음 창과 칼로
공격한다. 자, 공격하라!"

억례복찰 장군이 공격 명령을 내렸다.

"와! 공격하라!"

백제 기병들이 신라군들이 오는 곳으로 달려 나갔다.
계륵치는 측면으로 말을 달렸다. 측면에서 신라군에게
화살을 날릴 참이었다. 백제 기병들이 달려 나가면서 활
을 쏘았다. 화살이 하늘에 가득했다. 앞에서 달려오던
신라 기병들이 화살을 맞고 말에서 우수수 떨어졌다. 신
라 기병 역시 맞받아 화살을 쏘았다. 그러자 백제 기병
들이 화살을 맞고 말 위에서 바닥으로 떨어져 뒹굴었다.

계륵치는 연신 신라 기병들을 향해 화살을 날렸다.
속사였다. 숨 쉴 틈도 없이 빠르게 화살을 쏘았다. 계륵
치가 쏘는 화살은 그대로 신라군의 가슴을 꿰뚫었다. 가
슴뿐만 아니라 얼굴과 목에도 맞아 화살을 맞은 신라군
은 말에서 떨어져 뒹굴었다.

한바탕 활과 활의 대결이 끝났다. 백제 기병의 수가 많이 줄어 있었다. 수의 열세는 활 싸움에서도 여실히 드러났다. 화살을 맞고 군사의 삼분의 일이 줄었다. 이제는 백병전이었다. 모두 창과 칼을 들어 신라군을 향하여 찌르고 베었다. 일당백, 죽기 살기로 신라군을 대적했다. 백제군의 기세에 신라군이 주춤했다. 그러나 신라군의 수는 월등 많았다. 그들 역시 싸움터에서 잔뼈가 굵은 군사들이었다.

곧이어 반격을 했다. 한쪽 선이 무너져 전멸했다. 다음에 그 옆에서 공격해 들어가던 백제 기병이 전멸했다. 칼과 칼이 부딪고 창이 부딪혔다. 서로 죽이고 죽였다. 그때 신라군 쪽에서 함성을 지르며 억례복찰 장군 대열을 향해 공격해 들어가는 신라 장수가 있었다. 앞장 선 신라 장수는 긴 칼을 휘둘렀고 기백이 남달랐다. 신라 장수의 칼이 눈 깜짝할 사이 백제 기병 두 명의 목을 베었다. 칼 놀림이 예사롭지 않았다. 그대로 두면 백제 기병의 희생이 클 듯했다. 계륵치가 신라 장수를 향해 활을 겨누었다. 혼전 중이라 실수하면 백제 기병이 맞을 수도 있었다.

겨냥을 하고 힘껏 시위를 늘여 화살을 쏘았다. 화살이 빠르게 날았다. 칼을 치켜든 신라 장수의 등에 화살이 강하게 박혔다. 화살을 맞은 신라 장수의 칼 든 손이 멈칫했다. 그 기회를 놓치지 않고 백제 군사 중 한 명이 신라 장수의 복부에 창을 깊숙이 찔러 넣었다. 그러자 신라 장수의 손에 들려 있던 칼이 툭하고 떨어졌다. 뒤이어 신라 장수가 말 위에서 땅바닥으로 곤두박질쳤다. 이 모습을 목격한 신라 기병들이 놀라 주춤했다.

그때 억례복찰 장군이 계륵치 쪽을 바라보았다. 장군의 피와 땀이 얼룩진 얼굴에 미소가 번졌다.

"역시 대단한 솜씨다. 백제군들이여, 사력을 다하여 적을 물리치자! 한 놈도 살려 두지 마라! 공격하라!"

억례복찰 장군이 백제 기병들에게 고함을 질러 명령했다.

"와! 죽여라!"

백제 기병들이 신라군들을 향해 죽기 살기로 공격을 했다. 신라군의 전위가 무너지기 시작했다. 백제 기병들은 말을 달려 낫으로 풀을 후리듯 신라군을 향하여 칼을 휘둘렀다. 단창과 장창으로 신라군을 찌르고 후려쳤다. 일당백이었다. 한참 밀리던 신라군이 다시 전열을 가다듬었다.

"백제 놈들은 얼마 안 남았다. 모조리 죽여라! 공격하라!"

말을 달려 앞으로 나서며 부장급되는 군사가 신라군을 독려했다. 그러자 밀리고 있던 신라군이 다시 공격을 했다. 백제 기병은 중과부적이었다. 밀리고 당기고 하던 전투가 막바지에 이르렀다. 그러나 그 시간도 오래가지 않았다. 백제군이 전멸했다. 백제 기병들은 끝내 왜선을 보호하지 못했다.

계득치는 눈물을 머금고 말을 달렸다. 억례복찰 장군이 신라군의 칼과 창에 베이고 찔리면서 계득치를 향해 손을 들어 어서 도망가라고 손짓을 했다. 계득치는 그대로 칼을 휘두르며 신라 기병들 속으로 들어가 신라군들을 무참하게 도륙하고 싶었다. 그러나 억례복찰 장군의 눈이 그것을 말렸다. 후일을 기약하라고 간절히 말하고 있었다.

"저놈을 잡아라! 저놈을 결코 놓쳐서는 안 된다!"

계륵치가 말머리를 돌려 강둑으로 오르자 신라 기병들 속에서 고함 소리가 들렸다. 계륵치는 힘껏 말에 박차를 가하여 달렸다. 흐르는 눈물이 앞을 가렸다. 방금까지 같이 있었던 백제 기병 500여 명이 다 죽었다. 백제 수복의 염원으로 전장을 누비던 억례복찰 장군도 죽었다.

"어흐흑, 내 이놈들을 용서치 않으리라. 내 목숨이 붙어 있는 한 이놈들을 기어코 멸하고 말리라."

계륵치가 울부짖었다. 그러나 우선은 몸을 피하여야 했다. 신라 기병들이 죽을 둥 살 둥 하며 추격하고 있었다. 추격하는 군사는 예닐곱 명은 되어 보였다. 신라 기병들은 계륵치의 화살을 맞고 많은 군사들이 희생당한 것을 목격했다. 따라서 신라 기병들은 동료에 대한 원수를 갚아야 한다는 적개심으로 불탔다.

"거기 서라! 네놈이 도망을 가야 어디까지 가겠느냐?"

신라 기병들이 추격을 해오며 소리소리 질렀다. 어느 정도 거리를 좁혀 오자 활을 쏘았다. 신라 기병들이 쏜 화살들이 계륵치를 스쳐 지나갔다. 계륵치는 말 등에 착 몸을 엎드려 죽을힘을 다해 달렸다.

한참을 달렸다. 앞쪽에 작은 산이 보였다. 산모퉁이를 돌자마자 계륵치는 말을 멈춰 세웠다. 그리고 활과 화살을 꺼냈다. 신라 기병들은 계륵치가 계속 말을 달려 도망갈 거라고 방심했다. 그걸 기회로 화살을 날릴 생각이었다. 산모퉁이를 도는 신라 기병들이 보였다. 계륵치는 앞서 오는 신리 기병을 향해 화살을 날렸다. 화살은 빠르게 날아가 신라 기병의 목을 꿰뚫었다.

"아아악!"

화살에 맞은 신라 기병이 목을 움켜쥐고 말에서 떨어졌다. 쉬지 않고 연이어 화살 세 대를 쏘았다. 쏜 화살은 세 대 다 신라 기병을 맞춰 말에서 떨어뜨렸다. 남은 신라 기병들이 기겁을 하여 말을 멈추고 대응을 했다. 신라 기병이 쏜 화살이 계륵치를 스쳐 지나갔다.

계륵치는 신중하게 겨냥을 하여 화살을 쏘았다. 쏘는 화살은 여지없이 신라 기병을 맞췄다. 이윽고 신라 기병한 명만이 남았다. 신라 기병이 화살 한 대를 계륵치를 향해 쏘고는 말머리를 돌렸다. 도망가기 위해서였다.

"이놈! 한 놈도 너희 놈들을 살려둘 수 없다."

계륵치가 이를 악물고 화살을 겨누었다. 한껏 팽팽해

진 시위를 놓았다. 화살이 빠르게 날아갔다. 박차를 가하여 도망가려는 신라 기병의 등에 화살이 정확하게 날아가 꽂혔다. 그야말로 신궁이 따로 없었다. 백발백중이었다.

바다와 강의 하구에는 일본과 당나라의 전선으로 바다와 강이 뒤덮일 정도였다. 드디어 왜군 함대가 공격을 감행했다. 선제공격이었다. 왜군은 압도적인 수로 당나라 전선을 밀어붙였다. 쌍방 간에 쏘아 대는 화살로 하늘이 안 보일 정도였다. 그러나 수적으로 월등했음에도 불구하고 시간이 갈수록 왜의 함대가 무너지지 시작했다.

당나라 전선들은 바람을 등지고 있었다. 당군은 왜군 전선들을 향하여 불화살을 쏘았다. 밀집되어 있는 왜군 전선에서 불이 일어났다. 바람까지 불어 걷잡을 수 없이 불길이 번졌다. 화염으로 말미암아 백강 하구가 온통 불바다가 되었다. 수많은 왜군들이 싸워보기도 전에 불에 타 죽었다. 뜨거운 불을 견디지 못한 왜군들이 물속으로 뛰어들었다. 왜군의 참패였다. 이 전투로 왜군 전선 400

여 척이 불에 타 침몰했다. 1,170여 척 중 삼분의 일을 잃었다.

백강에서의 첫 번째 수전에서 왜군은 큰 손실을 입었다. 전쟁은 군사력도 중요하지만 군사력 못지않게 작전 또한 중요했다. 그런 면에서 왜군은 수적 우위였음에도 불구하고 직진 실패로 당나라군에게 패했다. 또한 왜군은 이 지역의 지리적 특성과 강과 바다의 특성 또한 몰랐다. 정보의 부재 또한 한 몫했다. 그런데다 왜군 전선은 당나라 전선보다 규모도 작았고 배의 운영 능력이 떨어졌다.

이후에도 네 차례나 왜군은 당나라군을 공격했다. 하지만 그때마다 번번이 실패했다. 바람마저도 왜군 편이 아니었다. 바람을 등진 당나라군은 화공으로 왜나라 전선을 공격했다. 삼국지의 적벽대전에서도 촉나라와 오나라의 연합군은 화공으로 위나라 조조의 수천 전선을 불태워 승리를 이루어 냈다. 백강 전투도 그와 같았다. 당나라군은 화공으로 왜군 전선의 대부분을 불태워버렸다. 전투가 끝난 후, 백강에는 불에 탄 전선과 죽은 군사들의 시체로 가득 찼다.

백강 전투에서의 패배로 백제 수복군의 본거지라 할 주류성까지 함락되었다. 주류성은 내륙에서 뻗어 나온 동진강과 서해가 만나는 능가산 해발 508미터에 위치해 있었다. 정상에 오르기까지 험준한 지형이다. 정상에서 보면 멀리 서해와 변산반도 일대가 한눈에 들어오는 난공불락의 성이었다. 하지만 이런 난공불락의 성도 백강 전투에서의 패배로 함락이 되고야 말았다. 통한의 백강 전투, 백제 수복의 마지막 결전인 이 전투에서 왜의 지원군이 전멸함으로서 백제 수복의 마지막 촛불이 꺼진 것이었다.

　이에 백제 백성들은 통탄을 금치 못하고 한탄했다.

　"주류성이 항복하였으니 백제의 이름은 오늘로 끊어졌다. 이제 조상의 무덤이 있는 곳을 어떻게 갈 수 있겠는가? 너무 억울하고 분통하구나."

　계륵치는 백강 하구가 내려다보이는 하구 둑에 올라 통한의 눈물을 흘렸다. 백제 수복을 위하여 왜에서 엄청난 병력과 군사물자를 보내주었음에도 참패를 하였으니 이제 두 번 다시 이런 기회는 오지 않을 것이다.

　"아, 아, 천지신명이시여! 우리 백제를... 우리 백제를 버리시나이까? 어흐흐흑…"

계륵치는 통곡을 했다. 줄줄 흐르는 눈물을 닦을 생
각도 없이 하염없이 백강을 바라보았다. 백강에 붉은 노
을이 지고 있었다.

# 13. 흑치상지의 변절과 임존성 전투

백제 수복군은 분열되었다. 일본에서 귀국한 부여풍과 부여복신, 도침은 동지가 아니라 적이 되었다. 그들은 서로 기회를 노리며 상대방을 제거하려 했다. 백제 수복 초기 백제 수복군은 신라군과 당나라군을 연파하여 백제 멸망 전의 백제 옛 땅을 거의 수복했다. 이에 뒤늦게 합류한 부여풍마저도 왕이라는 이유로 주도권을 잡으려 했다. 부여풍도 오만하기는 부여복신, 도침 못지않았다. 더군다나 그는 풍왕으로 추대된 왕이었다. 당연히 주도권을 잡으려 했고 자기 세력을 넓히려 했다. 세 지도자들끼리 주도권 싸움이 치열했다. 언제 누가 먼저 선수를 쳐 상대방을 제거하느냐는 시간 문제였다.

이들의 오만은 극에 달했다. 당나라에서 보낸 사신의 지위가 낮다고 만나주지도 않고 돌려보냈다. 이들의 오만은 결국 서로를 시기하고 견제하게 되었고 결국 서로 죽이고 죽는 비극을 초래했다. 결국 먼저 선수를 친 자는 부여복신이었다. 부여복신은 도침을 제거했다. 그런 부여복신이었지만 같은 부여 씨인 왕족 부여풍에게 제거 당했다. 부여복신에 대한 증오가 얼마나 컸으면 부여풍은 그를 죽여 젓을 담갔다. 참으로 기가 막힐 일이 수복군 지도자들 사이에서 벌어지고 말았다. 정적 부여복신을 제거한 부여풍은 풍왕으로 등극하여 명실상부한 백제의 왕이 되었다. 풍왕의 부여복신 세력을 숙청하고 죽임으로써 분열이 극에 달했다. 숙청과 죽임을 면한 자들은 신라와 당에 항복했다. 이로 인하여 백제 수복군의 전력은 급격히 약해졌다.

이런 사실을 안 당 황제 고종은 손인사에게 40만의 중원군을 파병하여 백제 수복군을 토벌하라 명령했다. 나당 연합군은 백제 수복군의 본거지인 주류성 공격을 계획했다. 이 공격에 신라의 문무왕과 김유신 장군은 대군을 이끌고 임존성으로 출전했다. 그리고 웅진에 있던 유인원의 당군과 합류하여 세를 넓혔다. 나당 연합군의 총공격이 임박했다.

드디어 나당 연합군은 백제 수복군의 본영인 주류성을 총공격했다. 수복군은 결사항전을 했다. 하지만 버텨낼 수가 없었다. 결국 성문을 열고 항복했다. 주류성은 함락되었다. 임존성에 있던 백제 수복군은 끝까지 버티고 있었다. 주류성을 지키고 있던 수복군의 장수는 흑치상지 장군이 아니라 지수신 장군이었다.

계륵치는 임존성으로 말을 달렸다. 백제 수복군의 마지막 보루인 성이었다. 그 사이 분통이 터질 일이 벌어졌다. 임존성에서 백제 수복을 이끌던 흑치상지 장군이 당나라에 항복을 하고 당군의 장수가 되었다. 어처구니없는 일이 벌어진 것이다.

뜻밖에도 생사를 알 수 없었던 우섭 부장을 임존성에서 만났다. 쇠청 조장도 함께였다. 두 사람은 서 로 얼싸안고 재회를 기뻐했다. 안타깝게도 충애와 척기 군사는 전사했다.

"아, 살아있었구나. 살아있었어."

감격에 겨워 떨리는 목소리로 우섭 부장이 말했다. 백전노장의 우섭 부장도 살아서 계륵치를 보자 눈물을 보였다. 쇠청 조장도 눈물을 흘렸다. 계륵치 역시 죽은 부모를 다시 보듯이 감격스럽고 반가웠다.

"정말 이렇게 살아계시니 뭐라 말을 할 수가 없습니다."

계륵치가 눈물을 닦으며 감격에 겨워 말을 잊지 못했다.

"그동안 많은 일이 있었다. 통탄스러운 일은 너도 아는지 모르겠다만 흑치상지가 우리 백제를 배신하였다. 그놈을 쳐죽여야만 분이 풀릴 것 같다."

우섭 부장이 이를 갈며 분통을 터뜨렸다.

"우리 백제를 살리려는 불꽃이 그놈 때문에 꺼져간다. 또한 이미 죽었다마는 부여복신과 도침 이놈들도 같은 놈들이다."

우섭 부장이 분하다는 듯 이를 갈았다. 그의 노여움은 충정에 의한 노여움이었다. 계륵치는 우섭 부장의 노여움을 누구보다 이해했다. 계륵치 역시 생각할수록 우섭 부장 이상으로 지도자들에 대한 분노가 치밀었다.

"이제 우리는 이 임존성에서 마지막까지 신라군과 당군들을 상대로 싸울 것이다. 성주인 지수신 장군도 그럴 작정이다."

우섭 부장이 칼 쥔 손에 힘을 주며 말했다. 쇠청 조장도 우섭 부장의 말에 결의에 찬 얼굴로 계륵치를 바라보았다.

"저도 여기서 우섭 부장님과 함께 싸우겠습니다."

계륵치가 머뭇거리지 않고 단호하게 말했다.

"아니다. 너는 아직 백제를 위해 할 일이 남아 있다. 너는 여기서 기회를 보아 성을 빠져나가거라. 그리고 후일을 기약하거라. 싸우다 죽는 사람은 우리로 족하다. 이제 너는 네 몫을 톡톡히 할 정도로 지략과 무술이 뛰어나다. 훗날 백제를 기억할 수 있는 일을 하여야 한다. 백제의 혼이 우리에게서 끝나서는 안 된다. 네가 그 불씨를 살려야 한다. 알았느냐?"

우섭 부장이 계륵치에게 다짐을 받듯 강조하여 말했다.

이튿날 드디어 김유신이 이끄는 신라군의 총공격이 시작되었다. 불화살과 화살을 빗발같이 쏘고 포차로 돌을 날렸다. 이제까지 보지 못했던 대대적인 공격이었다.

"백제 놈들의 마지막 발악이다. 공격하라! 한 놈도 살려 두지 마라!"

김유신 장군이 말 위에 올라 군사들을 독려했다. 깃발이 휘날리고 북이 둥둥둥 울렸다. 군사들의 함성이 천지를 흔들었다.

"두려워 마라! 침착하라! 우리 백제의 혼은 죽지 않았다. 군사들이여, 적을 물리쳐라!"

지수신 장군이 칼을 높이 치켜들고 수복군에게 외쳤다.

"북을 울려라!"

"화살을 쏴라! 돌을 굴려라!"

계륵치는 성벽 한 귀퉁이에 몸을 붙이고 신라군을 향해 활을 쏘았다. 마침 성벽 밑에서 말을 타고 독려하는 신라 장수가 눈에 들어왔다. 계륵치는 신라 장수를 향해 화살을 날렸다. 쏜살같이 날아간 화살이 신라 장수의 가슴에 강하게 박혔다. 비명 소리가 계륵치에게까지 들려왔다. 계륵치는 연이어 운제 사다리를 타고 성벽을 오르는 신라군을 향하여 화살을 날렸다. 여지없이 화살은 신라군을 맞혔다. 사다리 맨 위의 군사를 맞히면 떨어지면서 바로 밑에서 오르는 군사들까지 아래로 굴러떨어졌다.

신라군들이 퇴각을 하기 시작했다. 지수신 장군과 백제 수복군의 끈질긴 저항에 신라군들은 많은 희생자를 내고 물러났다. 그러나 이것이 다가 아니었다. 당군 장수 유인궤가 당군에게 투항한 백제 수복군 장수 흑치상지와 사타상여에게 진심을 보여 달라며 임존성을 공략하여 뺏게 했다. 그러면서 갑옷과 무기, 양곡을 내어 주었다.

흑치상지는 임존성의 성주였다. 따라서 누구보다 임존성의 내부 사정을 잘 알았다. 흑치상지와 사타상여는 곧바로 임존성을 공격했다. 공격 전 흑치상지가 성 아래에서 백제 수복군에게 소리쳐 말했다.

"들어라, 백제 수복군들이여! 나는 흑치상지다. 얼마 전까지만 해도 임존성의 성주였다. 그대들과 백제의 수복을 위하여 저항하였지만 그게 얼마나 어리석은 일인가를 깨닫고 당군에 투항을 하였다. 여기 사타상여 장군도 함께 있다. 그러니 그대들도 어리석은 짓일랑 하지 말고 투항하여라. 그리하면 목숨을 보전해 주는 것은 물론이거니와 당군에 편입되어 모두 잘 살게 될 것이다."

이에 지수신 장군이 성루에서 흑치상지를 내려다보며 호탕하게 웃으며 맞받았다.

"하하하하! 당군의 개가 된 흑치상지와 사타상여야, 부끄럽지도 않느냐? 어찌 너희 배신자들과 같은 하늘 아래에서 살겠느냐? 네놈들의 목을 베어 우리 백제의 원수를 갚을 것이다."

말을 마치고 지수신 장군이 흑치상지를 향하여 화살을 날렸다. 화살은 흑치상지의 투구를 살짝 스치며 바닥에 꽂혔다. 이에 흑치상지가 말머리를 돌리며 공격 명령을 내렸다.

"말로써는 안 되겠다. 공격하라!"

명령과 동시에 당군이 벌떼처럼 성으로 공격해 들어갔다. 우섭 부장이 칼을 빼어 들고 군사들을 독려했다.

"화살을 쏘아라! 돌을 던져라!"

명령을 받은 군사들이 일제히 당군을 향하여 화살을 쏘았다. 돌을 성벽 아래로 굴렸다. 기름을 끓여 성 아래로 부었다. 성벽으로 기어오르려던 당군이 화살을 맞고 뒹굴었고 돌을 맞고 떨어졌다. 뜨거운 기름을 뒤집어 쓴 당군이 뜨거워서 펄펄 뛰었다. 처절한 접전이 벌어졌다.

계륵치는 당군을 향하여 연신 화살을 날렸다. 가려가
며 당군 장수나 부장급 군사들에게 화살을 날렸다. 계
륵치가 쏜 화살은 여지없이 목표물에 명중했다. 그러나
중과부적이었다. 며칠 전 신라군의 공격을 막아 내느라
백제 수복군은 군사도 많이 잃었지만 지칠 대로 지쳐 있
었다. 군사들의 눈에 핏발이 섰다. 두억시니가 따로 없
었다.

"성문이 뚫렸다! 돌격하라!"

당군 쪽에서 함성이 들려왔다. 성문이 뚫린 것이다.
당나라 군사들이 열린 성문으로 물밀듯이 밀려 들어왔
다. 당군을 향해 칼을 휘두르던 우섭 부장이 다급하게
계륵치에게 소리쳤다.

"계륵치야, 어서 피하거라! 그리고 내 말을 잊지 말거
라!"

말을 마친 우섭 부장이 칼을 휘두르며 당군을 향해 돌
진했다. 그 뒤를 쇠청이 칼과 창을 휘두르며 뒤따랐다.
계륵치는 눈물을 머금고 돌아섰다. 마음 같아서는 계륵
치도 우섭 부장을 따라 당군이 몰려오는 곳으로 돌격해

들어가고 싶었다.

백제 수복의 꿈은 사라졌다. 백제가 멸망하고 3년여
동안 줄기차게 백제 수복군은 신라군과 당군을 상대로
전투를 벌였다. 초기에는 승승장구 승전하였고 많은 성
을 빼앗았다. 백제 수복의 꿈이 현실로 다가오는 듯 보
였다. 그러나 부여복신과 도침, 부여풍 간의 내분과 권
력다툼, 그들의 오만과 독선은 끝내 백제 수복의 불꽃을
꺼 버리고 말았다.

임존성이 함락됨으로서 백제 수복군은 완전히 와해되
어버렸다. 임존성에서 끝까지 저항하던 지수신 장군은
고구려로 달아났다. 우섭 부장과 쇠청 군사는 임존성에
서 끝까지 저항하다 모두 목숨을 잃었다.

"아아, 이대로 우리 백제의 명이 다하였구나. 우섭 부
장님, 쇠청 님이시여, 당신들의 충정과 백제에 대한 충
성을 내 절대 잊지 않을 것입니다. 내 목숨이 붙어 있는
한 백제의 혼을 살릴 것입니다. 이제 편안히 하늘에서
쉬십시오."

계륵치가 눈물을 뚝뚝 흘리며 두 사람의 명복을 빌었

다. 수없는 전장을 누비고 백제 수복이라는 한 가지 목표로 목숨을 걸고 싸운 동지들이었다. 이제 두 사람은 그 사명을 다하고 불귀의 객이 되었다.

백제 수복군을 토벌함으로써 삼국은 비로소 신라에 의해 통일이 되었다. 백제와 고구려는 역사의 뒤안길로 사라졌다. 백제인들 중 많은 수의 백제인들이 당나라로 끌려갔다. 일부는 일본으로 건너갔다.

삼국이 통일되자 당나라의 야욕이 드러났다. 당군은 철수하지 않았다. 백제와 고구려에 자기들의 행정관청인 웅진도독부와 안동도호부를 설치하여 한반도를 차지하려는 야욕을 보였다. 신라는 이를 용인하지 않았다. 어제의 동지가 오늘의 적이 되었다.

신라는 당나라를 몰아내기 위하여 일전을 겨루었다. 당군이 신라군에 패전했다. 당군은 한반도에서 철수했다. 비로소 한반도에 전쟁이 그치고 평화가 찾아왔다. 그러나 찾아온 평화는 슬픈 평화였다. 백제와 고구려는 비록 신라와 나라는 달랐지만 같은 민족이었다. 신라는 자기네가 살기 위하여 당나라를 끌어들였다. 그리하여 같은 동족인 백제와 고구려를 멸망시키고 통일을 이룬 것이다.

이 과정에서 얼마나 많은 백제와 고구려의 군사와 백성이 죽어갔는지 모른다. 그야말로 이들이 흘린 피가 내를 이루고 강을 이룰 정도였다. 피를 흘려 쟁취한 평화가 온전한 평화가 될 수 없었다. 신라의 삼국 통일은 그래서 비극적 통일이고 찾아온 평화는 슬픈 평화일 수밖에 없었다.

세월이 흘렀다. 전국이 안정되어 갔다. 세월은 모든 것을 잊게 했다. 아픔도 슬픔도 절망도 심지어는 죽음까지도 잊게 했다. 모든 것이 변했다. 백성도 변했다. 백제인과 고구려인, 신라인의 구분도 없어졌다. 차별도 없었다. 백제인과 고구려인은 신라에 동화되었다.

세월이 흐르니 모든 것이 잊혔고 변했다.

# 14. 백제의 마지막 혼, 노을 속으로 사라지다

저잣거리에 방이 붙었다. 정국이 안정되고 평화가 찾아오자 신라에서는 백성들을 위한 큰 행사를 마련했다. 오랜 전쟁에 지친 백성들을 위무하고 백성들의 마음을 하나로 통합하는 구심점이 필요했다. 왕권이 안정되었다는 것을 대내외적으로도 알릴 필요가 있었다. 그게 바로 무술대회였다.

방을 붙인 곳에 백성들이 모여들어 웅성거렸다. 모두가 호기심을 가지고 방의 내용을 보고 쑤군거렸다.

"근래에 보기 드문 무술대회로군. 정말 볼만하겠어"

"그러게 말이야. 무술대회 우승자의 상이 원체 크구만.

우승자는 장군 벼슬을 준다네 그려."

"전국에서 무술 좀 한다는 사람은 다 몰리겠구먼."

"허허, 이럴 때 무예를 배웠으면 대회에 참가하는데 말이야."

"내가 무예를 배워 대회에 나갔으면 우승은 따 놓은 당상인데 아쉽구만."

여러 사람이 방을 보며 실없는 말들을 했다. 옆에 있던 일행이 방금 말한 사람의 등판을 호되게 갈기며 핀잔을 주었다.

"나 참, 이 사람아. 자네가 무술 대회에서 우승을 한다면 내가 자네 아들일세."

"와하하하!"

주위에 있던 사람들이 그 말에 웃음을 터뜨렸다.

방을 보고 실없는 말들을 주고받는 백성들 사이에서 한 청년이 아까부터 방에서 눈을 떼지 않고 있었다. 청년이라고 하기에는 아직 나이가 어려 보였으나 듬직한 체구와 날카로운 눈매, 꾹 다문 입술이 범상치 않은 소년이었다. 계륵치였다. 계륵치는 임존성 전투 이후 산으로 들어가 작은 암자에 머물며 무예를 닦고 수도를 했다.

그리고 백제 수복을 위하여 숨져간 수많은 백성들과 수복군의 명복을 빌었다.

계륵치는 오랜만에 저잣거리로 내려왔다. 그동안 떠나있던 세상 소식을 알고자 했다. 그러던 차에 백성들이 방을 보고 수군거리자 무슨 내용인가 궁금하여 들렀던 것이다. 방을 보고 계륵치는 자기도 모르게 입 밖으로 신음 소리를 내었다.

'으음... 드디어 때가 왔구나. 무술대회에서 우리 백제의 혼이 살아있음을 신라 놈들에게 아니, 만백성들에게 알려야겠구나. 아, 아버지. 저에게 힘을 주시옵소서. 우리 백제를 위하여 이 한 목숨 바치겠습니다...'

무술 대회는 일주일 후에 사비도성에서 열렸다. 신라의 수도 경주에서 무술대회 참관차 김유신 장군도 온다는 소식이 있었다. 그만큼 이번 무술대회는 규모도 컸고 백성들의 관심도 뜨거웠다.

계륵치는 암자에 돌아가자마자 무술대회 참가 준비를 했다. 계륵치는 단순히 무술대회에 참가하여 우승을 하려는 것이 아니었다. 목적은 다른 것에 있었다. 물론 무술대회에서 그 누구보다 뛰어난 무술 실력을 발휘하여야 했다. 그리하여 무술대회에 나온 김유신 장군을 비롯하여 신라 고위 관리들의 눈길을 끌어야 했다. 구경나온 백성들의 눈길도 사로잡아야 했다.

그날 밤, 계륵치는 암자에 있던 부처님 앞에 촛불을 밝혔다. 백제를 지키려다 숨져간 계백 장군과 아버지 계루신 부장, 백제 군사들. 백제 수복을 위하여 목숨을 바친 우섭 부장과 충길, 의결, 충애, 쇠청, 척기와 수많은 군사들의 제사를 지냈다. 저잣거리에서 사온 술을 따르고 절을 했다.

"백제의 혼들이여, 그대들이 죽음으로 지키려던 백제는 멸망하였나이다. 그러나 그대들의 백제의 혼은 죽지 않고 살아있음을 나 계륵치는 믿습니다. 나 이제 백제의 혼이 죽지 않고 살아있음을 모든 백성들에게 증명해 보이고자 합니다. 백제의 혼들이시여, 나에게 힘을 주시옵소서. 아버지, 구천에서나마 이 아들에게 힘을 주시어 백제의 혼이 살아있음을 증명하게 해주시옵소서."

계륵치의 처절하게 부르짖는 소리가 밤하늘에 울려 퍼졌다. 계륵치는 엎드려 한참을 흐느끼다가 자리에서 일어나 암자 밖으로 나왔다. 칠흑 같은 어둠 속에 밤바람이 불어왔다. 바람결에 스치는 나뭇잎 소리가 멀리서 인 듯 가까이 선 듯 들려왔다. 그 소리가 마치 계륵치에게 무슨 말인가를 하는 것 같았다. 계륵치는 밤하늘을 올려다보았다. 수많은 별들이 총총히 빛나고 있었다. 무수하게 숨겨간 백성들과 군사들이 밤하늘의 별이 되어 비춰주는 것 같았다.

드디어 무술대회가 열리는 날이 돌아왔다. 계륵치는 꼭두새벽부터 서둘러 암자를 내려갔다. 갈 길이 멀었기 때문이다. 대회 시간은 사시(오전 10시)였다. 부여의 사비도성이 가까울수록 인파가 늘어났다. 무술대회는 백성들의 관심이 어느 때보다 높았다. 신라 조정에서도 각별히 이번 무술대회에 거는 기대가 컸다. 삼국을 통일하고 당군을 몰아낸 신라 최고의 명장 김유신이 참관했다.

대회에 참가하는 자들 역시 전국에서 무술이라면 최고의 고수들이었다. 우승을 하면 장군 반열에 오르는 관직을 받았다. 신라 관직으로 5품 대아찬 관직이었다. 백제 관직으로는 한솔 관직이었고, 고구려 관직으로는 조의두대형 관직이었다. 파격적인 대우가 아닐 수 없었다.

따라서 무술 참가자들은 물론 일반 백성들의 관심 역시 뜨거울 수밖에 없었다.

사비도성은 백제의 성이었다. 백제의 왕이 머물며 국사를 논하던 성이었고 백제 수복군의 거점 성이었다. 한때는 백제를 상징하는 성이었으나 지금은 신라의 성으로 편입되었다. 옛 백제의 번영과 영화는 사라지고 흔적만 남았다.

계륵치는 사비도성을 바라보는 감회가 남달랐다. 그런 감회는 계륵치뿐만이 아니었다. 살아있는 백제 백성들은 모두가 느끼는 감회였다. 백성 중에는 사비도성을 지나며 눈물을 흘리는 이들도 있었다. 계륵치의 심정도 이와 다르지 않았다.

성안에 들어서자 사람들로 인산인해를 이루고 있었다. 그야말로 사람이 산을 이루고 바다를 이루었다. 계륵치는 무술대회 참가 접수를 받는 접수대로 걸어갔다. 접수 군사는 참가 접수를 받느라 분주했다.

"너도 무술대회에 참가하려는 거냐?"

신라 군사가 계륵치를 올려다보며 물었다.

"그러합니다."

계륵치가 대답했다.

"아직 나이가 어린 듯한데 무술대회 참가라?"

접수 군사가 계륵치의 위아래를 살피며 눈을 굴렸다.

"나이가 어리다고 무시하지 마시오. 신라의 화랑들도 다 나이가 어리지 않소."

계륵치가 접수 군사에게 당당하게 말했다. 접수 군사가 계륵치의 말에 잠깐 당황하는 빛을 보였다.

"그대도 화랑이오?"

접수 군사의 태도가 확 바뀌었다. 신라의 화랑은 지체 있는 집안의 자제들이었다. 따라서 접수 군사의 태도가 달라진 것이다.

"아니오. 나는 백제 무사 계륵치라 하오."

"뭐라? 백제 무사라고?"

계륵치의 말에 접수 군사가 싹 안면을 바꿔 무시하는 듯한 표정으로 계륵치를 내려다보았다. 그렇다고 계륵치는 접수 군사의 태도에 주눅 들지 않았다.

"그렇소. 무술 대회에 참가하는 사람은 신라인이나 백제인을 구별하지 않는다 들었소."

계륵치가 당당한 자세를 잃지 않고 말했다. 할 말이

없어진 접수 군사가 한순간 계륵치를 잠자코 노려보았다. 그러다가 더 이상 시간을 지체해서는 안 되겠다는 생각이 들었는지, 종이에 도장을 꽝 찍어주었다.

"좋다. 접수하였다. 들어가거라."

"고맙소이다."

계륵치가 어유로운 웃음을 지으며 접수 군사에게 인사를 하고 접수대를 벗어났다. 계륵치는 접수 종이를 접어 품 안에 넣고 성안으로 들어갔다. 성안 넓은 공터가 무술 대회가 열리는 장소였다. 천막이 쳐지고 누대 위에 신라의 고위직 인사들이 자리를 잡고 앉아 있었다. 곧이어 무술대회가 열릴 것이었다.

무술대회 종목은 활쏘기와 검법과 창던지기, 승마술, 겨루기 등이었다. 활쏘기도 서서 쏘기와 말을 달리면서 쏘기, 개인기 등 종류가 여러 가지였다. 백성들이 무술대회를 구경하기 위해 구름 떼처럼 모여들었다.

드디어 시간이 되자 무술대회를 알리는 북소리가 둥둥둥 울렸다. 웅성거리던 백성들이 잠잠해졌다. 차례대로 참가자들이 갈고 닦은 무술을 뽐내었다. 전국에서 내로라하는 자칭 무술 고수들이 참가한 대회라 그런지 열기가 뜨거웠다. 그야말로 한 치의 양보도 없이 실력들을 선보였다.

계륵치는 담담하고 침착한 마음으로 차례가 오기를 기다렸다. 그러면서 천막 아래 의자에 앉아 대회를 관람하는 신라 고위직이 있는 쪽을 뚫어지게 바라보았다. 김유신 장군을 비롯하여 고위 장수들이 호탕하게 웃으며 무술대회를 관람하고 있었다.

계륵치는 결의를 다졌다. 오늘 같은 기회가 오기를 얼마나 기다렸던가. 다시 오지 못할 절호의 기회였다. 활을 쥔 손에 자기도 모르게 힘을 주었다. 백제를 멸망시킨 원수들이 저기에 있었다. 아버지의 원수, 계백 장군의 원수, 백제 수복군의 원수, 백성들의 원수들이 저기 저 자리에 앉아 있다. 계륵치는 이를 악물었다.

"다음 순서는 계륵치요! 계륵치는 앞으로 나오시오!"

진행관이 계륵치를 호명했다. 드디어 계륵치의 순서가 돌아왔다. 이름이 불리우자 계륵치는 뚜벅뚜벅 앞으로 걸어 나갔다. 백성들 사이에서 함성이 터져 나왔다. 예상과 달리 새파랗게 젊은 청년이 나왔기 때문이었다. 그건 신라 장수들도 마찬가지였다. 의자에 앉아 무술 대회를 참관하던 김유신 장군이 계륵치에게 관심을 보이며 물었다.

"허허, 네 나이가 몇이냐?"

"열여덟이옵니다."

"열여덟이라? 허허, 나이가 어리구나. 그래 자신은 있느냐?"

"나이가 많고 적고가 무에 중요하겠습니까? 무예는 정신이 중요하다 생각합니다."

계륵치가 당당하게 말했다. 계륵치의 말에 김유신은 호탕하게 웃었다.

"하하하하! 어린 자가 당돌하구나. 너의 그 기상이 가상하다. 네 너의 기량을 눈여겨보겠다. 최선을 다 하거라."

김유신 장군이 계륵치를 격려했다.

첫 순서는 궁술이었다. 계륵치는 사대에 가서 섰다. 열 대의 화살이 주어졌다. 거리는 약 100보였다. 계륵치는 자기의 운명이 가까이 왔음을 알았다. 이 자리에서 백제의 원수를 화살로 쏘아 죽이고 자기도 죽는다면 기쁘게 죽음을 맞이할 수 있다고 생각했다.

계륵치가 화살을 시위에 걸고 과녁을 바라보았다. 웅
성거리던 백성들이 물을 끼없은 듯 조용했다. 계륵치
는 심호흡을 하고 활시위를 늘였다. 한껏 팽팽해진 시위
를 놓았다. 시위를 떠난 화살이 바람을 가르며 날아갔다.
이윽고 픽 하는 소리가 들려왔다. 과녁에 맞는 소리였다.

"명중이오!"

과녁 옆에 서 있던 군사가 깃발을 흔들며 명중을 소리
쳤다.

"와! 와! 명중이다."

숨을 죽이고 지켜보던 백성들 사이에서 함성이 터져
나왔다.

두 번째 화살을 시위에 매겼다. 백성들이 또 숨을 죽
였다. 계륵치는 숨을 고르고 과녁을 뚫어지게 바라보았
다. 시위를 늘여 활을 공중으로 들어 올렸다. 짧은 순간
호흡을 멈추고 시위를 놓았다. 화살이 피융 소리를 내며
날았다.

"명중이오!"

두 번째 화살도 명중이었다. 백성들이 함성을 질렀다.
천막 아래 앉아 있던 신라 장수들이 놀라 자리에서 일어

났다.

"허어, 대단하다. 대단해. 젊은 청년이 신궁이오, 신궁."

아홉 대를 쏘았다. 아홉 대 모두 명중이었다. 마지막 한 대가 남았다. 계륵치의 얼굴에 땀이 흘렀다. 계륵치는 얼굴에 흐르는 땀을 팔소매로 쓱쓱 문질러 닦았다. 운명을 결정지을 한 대가 남았다. 계륵치는 흘낏 천막 아래 앉아 있는 김유신 장군을 노려보았다. 김유신 장군 역시 계륵치의 활 솜씨에 놀라 그에게서 눈을 떼지 않고 있었다. 짧은 순간 계륵치와 김유신의 눈길이 부딪쳤다.

계륵치는 눈길을 거두고 잠시 숨을 들였다. 마지막 남은 이 한 대가 김유신의 가슴을 겨눌 것이었다. 이윽고 계륵치가 시위에 화살을 매겼다. 가슴이 뛰었다. 손이 바르르 떨려왔다. 손이 떨리면 안 되었다. 계륵치는 활을 내렸다. 잠시 숨을 가다듬었다. 백성들 사이에서 간헐적으로 침 넘기는 소리가 들려왔다. 누구 하나 입을 여는 이가 없었다. 수많은 백성들의 눈길이 계륵치에게 모아졌다.

계륵치가 다시 활을 들어 올렸다. 김유신 장군이 있는 곳은 지척이었다. 눈을 감고 쏘아도 맞힐 수 있는 거

리였다. 계륵치가 서서히 활시위를 당겼다. 과녁을 향해
섰던 계륵치가 순간 몸을 돌려 김유신에게 화살을 날렸
다. 눈 깜짝 할 사이였다. 비명 소리가 들렸다.

"저놈 잡아라! 저놈을 잡아!"

군사들이 칼을 빼어 들고 계륵치를 잡으러 달려들었
다. 계륵치가 김유신 쪽을 보았다. 화살을 맞은 건 김유
신이 아니었다. 옆에 앉아 있던 장수가 화살을 맞고 가
슴을 움켜쥐고 있었다. 실패였다.

계륵치는 군사들에 의해 잡혀 포승줄에 묶였다. 대회
장은 아수라장이 되어버렸다. 백성들은 눈앞에서 벌어
진 일을 믿을 수 없다는 듯 다들 입을 벌리고 우왕좌왕
했다. 군사들이 칼과 창을 휘두르며 백성들을 성 밖으로
몰아내었다.

"대장군, 이놈을 잡아 대령하였습니다. 네 이놈, 어서
무릎을 꿇어라!"

계륵치를 잡아끌고 온 장수가 호통을 쳤다. 호통에도
불구하고 계륵치는 무릎을 꿇지 않았다. 눈을 부릅뜨고
김유신을 노려볼 뿐이었다.

"이놈이, 무엄하다! 여기가 어디라고 감히 너 같은 놈이 장군을 해하려 들다니. 어서 무릎을 꿇어라."

장수가 계륵치에게 다가가 칼등으로 다리를 후려쳤다. 계륵치가 얕은 신음 소리를 내며 주저앉았다.

"그만 하라."

김유신이 손을 들어 장수를 제지했다. 그러면서 근엄한 표정으로 계륵치에게 물었다.

"네 이름이 무엇이냐?"

"… …"

계륵치가 대답하지 않았다.

"허어, 어린놈이 대범하구나. 네놈은 어느 나라 놈이냐? 답하라."

김유신이 물었다.

"나는 백제 무사 계륵치오."

계륵치가 김유신을 정면으로 응시하며 크게 대답했다.

"백제 무사 계륵치라? 허어, 백제인이로구나. 네 아비가 누구냐?"

김유신이 호기심 어린 눈으로 계륵치에게 물었다.

"우리 아버지는 계백 장군님과 황산벌에서 신라군과

맞서 싸우다 장렬하게 죽음을 맞이하신 계루신 부장이 오."

"무엇이라고? 황산벌에서 계백과 싸우다 죽은 계루신 부장이라고? 허어, 이럴 수가 있나?"

김유신이 계륵치의 말에 놀라워하며 벌린 입을 다물 지 못했다.

"내 장군을 죽이지 못해 한이오. 계백 장군님과 우리 아버지 계루신 부장, 백제의 원수인 장군을 말이오."

말을 마치고 계륵치가 분하고 원통하여 눈물을 흘렸다.

"허어, 우리 신라의 화랑 중에도 저만한 충정과 무예 를 지닌 화랑을 못 보았다. 네 이름이 계륵치라 하였느 냐? 네 너의 충정과 무예를 높이 사 살길을 열어 주겠다. 지금이라도 네 잘못을 빌고 신라에 충성을 다한다면 목 숨을 살려주거니와 부귀영화를 누리게 해주겠다. 어때 하나?"

김유신이 계륵치에게 너그러운 표정을 지으며 은근한 말로 설득했다.

"하하하하! 신라 최고의 명장이라고 하는 김유신 장군 의 입에서 나오는 말이 그 정도밖에 안 된다 말이오. 참으로 실망하였소. 나는 진즉 백제의 수복을 위하여 목숨을 내놓은 지 오래 되었소. 그리하여 지금 죽는다 해도 여한이 없소이다. 내 죽기 전 장군과 신라에 한마디 하겠소이다."

계륵치가 김유신 장군에게 한마디 하고 잠깐 뜸을 들였다. 그러자 옆에 서 있던 장수 히니기 앞으로 나서며 말했다.

"대장군, 더 이상 무슨 말을 들으려 하십니까. 당장 저 놈의 목을 치시옵소서."

장수는 당장이라도 계륵치의 목을 벨 듯이 칼자루를 움켜잡았다.

"아니다. 비록 적국의 청년이긴 하나 저 청년의 충정과 무예가 아깝구나."

김유신이 아쉬움이 가득한 얼굴로 장수에게 말했다. 말을 마친 김유신 장군이 이어서 계륵치를 돌아보며 말했다.

"한마디 하겠다고 했는데 무슨 할 말이 있느냐?"

"그렇소이다. 장군의 신라가 우리 백제를 멸하고 고구려를 멸하여 삼국을 통일하였다고 기뻐하고 있으나, 참으로 어리석고 부끄러운 일이오."

계름치의 입에서 예상 밖의 말이 흘러나왔다. 그러자 김유신 장군을 비롯하여 도열해 있는 장수들이 뜨악한 얼굴로 서로의 얼굴을 쳐다보았다.

"그게 무슨 말이냐?"

김유신 장군이 물었다.

"하하하! 신라가 멸망시킨 백제와 고구려는 비록 나라는 다르나 같은 말을 하는 동족이오. 비겁하게도 신라는 같은 동족을 멸하기 위해 당나라의 힘을 빌리었소. 이 어찌 부끄러운 일이 아니란 말이오?"


노을이 장엄하게 사비도성 하늘을 물들이고 있었다. 스산하게 바람도 불어왔다. 계름치를 처형하는 날이었다. 신라 당국은 공개처형을 함으로써 본보기를 보일 작정이었다. 계름치의 처형 소식은 사비도성뿐만 아니가 전국 방방곡곡에 알려졌다. 수많은 백성들이 사비도성으로 몰려들었다. 망국의 백제 백성들도 소식을 듣고 모였다. 신라 당국은 망국의 백성들이 소요를 벌일까봐 군사를 풀어 삼엄하게 경계를 했다.

드디어 포승줄에 묶인 계륵치가 처형장으로 끌려 나왔다. 계륵치의 얼굴은 평온했다. 죽음에 임하는 자세가 아니었다. 백제 백성들이 그 모습을 보고 눈물을 흘렸다. 무리 속에 부용차련이 있었다. 부용차련은 이른 새벽 집을 나와 사비도성으로 들어왔다. 계륵치의 어머니는 이미 오래전에 세상을 떠났다. 아들의 죽음을 알지 못한 채 먼저 세상을 떠난 것이다. 어찌 보면 다행이랄 수도 있었다. 부용차련이 무리들 속에서 가슴을 움켜잡고 눈물을 흘리고 있었다.

"네 이놈, 죽기 전에 할 말이 없느냐?"

형 집행을 맡은 신라 장수가 계륵치에게 물었다.

"우리 백제의 원수인 김유신을 죽이지 못하고 가는 것이 통탄스러울 뿐이다. 내 비록 거사에 실패하여 죽는다마는, 내가 죽는다고 백제의 혼이 죽는 것은 아니다. 우리 백제의 혼은 영원히 살아있을 것이다."

계륵치가 눈을 부릅뜨고 신라 장수에게 호통을 쳤다. 계륵치의 호통에 형을 집행하려는 신라 장수가 흠칫했다.

"너의 그 기상 하나는 가상하구나. 더 할 말이 없느냐?"

형 집행 장수가 계륵치에게 마지막 기회를 주었다. 계륵치는 장수의 말에 대답하지 않고 모여 있는 백성들을 둘러보았다. 그때 계륵치의 눈에 부용차련이 눈에 띄었다. 부용차련은 일찌감치 인파 속에 묻혀 눈물을 흘리며 처절한 심정으로 계륵치를 지켜보고 있었다. 그런데 계륵치가 부용차련을 알아본 것이다. 부용차련은 차라리 계륵치가 자신을 알아보지 않았더라면 가슴이 덜 아팠으리라 생각했다.

"아, 부용차련! 그대가 왔군요. 어머니, 어머니를 부탁하오!"

계륵치의 눈에서 눈물이 철철 흘렀다. 계륵치는 어머니가 진즉 신라군에게 잡혀가 처형당한 걸 모르고 있었다. 연일 신라군과 당군을 상대로 전투를 치러야 하였기에 어머니의 소식을 알 수가 없었다. 부용차련은 전장에 있는 계륵치에게 어머니의 죽음을 알리지 않았다. 어머니의 죽음으로 상심을 할 계륵치를 생각해서였다.

부용차련은 눈물을 흘리며 계륵치에게 다가갔다. 그러자 신라 군사가 창으로 앞길을 가로막았다.

"어딜 가려는 게냐? 더 이상 앞으로 나서지 마라."

신라 군사는 창으로 찌를 듯이 기세 높게 부용차련에게 소리쳤다.

"제발 부탁입니다. 저 분에게 한 말씀만 전하게 해주십시오."

부용차련이 눈물을 흘리며 신라 군사에게 애원했다.

"안 된다고 했지 않느냐? 저놈은 대역 죄인이다. 감히 우리 신라의 대장군님을 해하려던 놈이다. 저리 비켜라!"

신라 군사가 부용차련의 애원에도 불구하고 버럭 고함을 지르며 제지했다.

"아아, 너무 합니다. 저 분은 이제 곧 이승을 하직할 몸이 온데 말씀 한마디도 못 전하게 하신 답니까?"

"안 된다면 안 되는 줄 알아라. 자꾸 고집을 부린다면 너 역시 저 놈과 공모자로 간주하여 잡아 가둘 것이다."

신라 군사가 눈을 부라리며 위협을 했다. 부용차련은 더 이상 어찌해 볼 도리가 없었다. 부용차련은 가슴이 찢어지는 심정으로 눈물을 흘리며 계륵치를 바라보았다.

"계륵치 님, 어머니는 걱정 마십시오. 제가 잘 모시겠습니다. 저도 곧 계륵치 님이 가시는 길을 따를 것입니다."

부용차련이 가슴을 부여잡고 처절하게 말했다. 부용차련의 모습을 본 계륵치가 눈물을 흘리며 처연하게 말했다.

"부디 잘 계시오. 나 먼저 갑니다. 어머니, 어머니, 불쌍한 우리 어머니를 부탁하오…"

모여 있던 백성들이 이 모습을 보고 모두가 눈물을 흘렸다.

"형을 집행하라!"

형 집행 장수가 명령을 내렸다. 명을 받은 망나니가 칼을 높이 쳐들었다.

"백제 만세! 백제의 혼이여, 부활하라!"

계륵치가 큰 소리로 외쳤다. 그와 동시에 망나니의 칼이 계륵치의 목에 떨어졌다.

노을이 붉었다. 핏빛 붉은 빛이 사방으로 비쳤다. 해가 붉은 빛을 남기며 부소산으로 넘어갔다.

## 작가의 말

우리나라 고대 국가 중 백제는 알면 알수록 신비한 나라입니다. 백제만의 찬란하고 독특한 문화가 발달한 것은 물론, 국력까지 강성했습니다. 그리하여 일본에 백제의 발전된 문화를 전파하여 일본의 문화 발전에 지대한 영향을 미쳤지요.

지금도 일본엔 백제와 관련된 지명과 유적이 여러 곳에 있습니다. 이처럼 찬란한 문화와 강성했던 백제가 660년 신라와 당나라 연합군에 의해 허망하게 무너지고 맙니다. 700여 년을 이어오던 백제가 역사에서 사라지게 된 것이죠. 너무나 아쉽고 가슴 아픈 일입니다. 역사에 가정은 없다지만, 백제가 삼국을 통일했더라면 우리나라의 역사는 크게 달라졌을 겁니다.

오늘날 역사 문제로 첨예하게 대립하는 일본과의 관계도 달라졌을 것은 물론, 일본이 우리나라를 침략한 임진왜란도 일제 강점기도 없었을 것입니다. 지금 와서 생각해 보면 후손의 한 사람으로서 안타깝고 아쉬운 마음이 드는 까닭입니다.

백제는 멸망하였지만 그 후 3년여 동안 망국을 수복하기 위해 백제인들은 신라와 당나라를 상대로 치열하게 전쟁을 벌입니다. 그 결과 수많은 성을 되찾고 국토의 전부를 수복할 만큼 위세를 떨쳤습니다. 하지만 지도층의 분열과 반목, 전략의 부재 등으로 결국 백제의 수복 전쟁은 실패로 끝나고 맙니다.

필자는 이 수복 운동(부흥 운동) 당시 누구보다 치열하게 백제 수복을 위하여 전쟁터에서 종횡무진 활약을 한 소년 무사 계륵치를 등장시켜 소년의 용맹과 용기, 나라를 위한 충정을 그려보았습니다. 물론 주인공 계륵치는 실존하는 인물이 아니라 필자의 상상의 인물입니다. 하지만 당시 수복 전쟁을 벌인 백제인들은 누구나 계륵치와 같은 용기와 충정으로 나당 연합군에 맞섰을 것이라고 생각합니다. 목숨을 바쳐 망국 백제를 수복하기 위해 희생을 했을 것입니다.

과연 오늘날 나라가 위급에 처하게 되고 백제와 같은 상황이라면 우리의 청소년들은 어떤 행동을 하게 될까요? 필자는 계륵치를 통해 우리의 청소년과 비교해 봅니다. 우리의 청소년들 역시 나라를 위해 분연히 떨쳐 일어나 자기 한 목숨 나라를 위해 바칠까요?

우리의 청소년들 역시 그러리라 믿습니다. 아무리 요즘 청소년들이 의지가 약하고 의존적이고 나약하다고 걱정들 하지만, 필자는 우리의 청소년들을 믿습니다. 따라서 청소년들이 이 책을 읽고 자기와 비교를 하면서 계륵치 같은 용기와 용맹, 나라 사랑을 배웠으면 하는 바람 간절합니다.

흔히 역사는 승자의 역사라고 합니다. 그리하여 승자의 역사는 기록되고 미화되고, 패자의 역사는 기록에서 없어지거나 축소됩니다. 하지만 엄밀하게 말해 패자에게도 할 말은 있고, 그들 역시 한 역사의 공간 속에서 살았던 일부입니다. 1400여 년, 백제는 멸망하여 역사에서 사라졌습니다. 하지만 그들의 흔적은 현재도 우리 땅 곳곳에 남아 그들의 실재를 증명해 주고 있습니다.

지구 온난화로 기상이변이 속출하고 거기에 전대미문의 코로나19로 인해 전 세계가 공황 상태에 빠진 요즘입니다. 미래는 불투명하고 살기가 점점 어려워지고 있습니다. 이럴 때 우리의 청소년들은 어떤 자세를 가지고 이 험난한 세상을 살아가야 할지 심히 걱정됩니다. 그런 데다 사회에 만연된 부조리들을 보며 성장하는 우리의 청소년들이 어떤 가치관을 지닐 지도 모르겠습니다.

흔한 말로 '꿈을 가지고 도전하라'는 말들을 합니다. '개천에서 용이 난다'라는 말도 있습니다. 하지만 이런 말들은 요즘 청소년들의 귀에 들어오지 않는 말들이 되어 버렸습니다. 필자는 청소년들이 이 작품을 읽고 대리만족이나 조금이라도 위로를 받는다면 더할 나위 없이 기쁘고 고맙겠습니다. 그에 더하여 계륵치와 같은 용기로 운명에 맞서 당당하게 살아갔으면 하는 마음 간절합니다.

2021. 3.

학림재에서 김 종 일

# 백제 소년 무사 계륵치

**초판 1쇄 발행일** 2021년 6월 18일
**지은이** 김종일
**펴낸이** 박영희
**편집** 박은지
**디자인** 어진이
**마케팅** 김유미
**인쇄·제본** 제삼인쇄
**펴낸곳** 도서출판 어문학사
　　　서울특별시 도봉구 해등로 357 나너울카운티 1층
　　　대표전화: 02-998-0094 / 편집부1: 02-998-2267, 편집부2: 02-998-2269
　　　홈페이지: www.amhbook.com
　　　트위터: @with_amhbook
　　　페이스북: www.facebook.com/amhbook
　　　블로그: 네이버 http://blog.naver.com/amhbook
　　　　　다음 http://blog.daum.net/amhbook
　　　e-mail: am@amhbook.com
　　　등록: 2004년 7월 26일 제2009-2호

**ISBN** 978-89-6184-999-9(03810)
**정가** 15,000원

※잘못 만들어진 책은 교환해 드립니다.